KB266400

다마스쿠스인 미흐야르의 노래

은행나무

다마스쿠스인 미흐야르의 노래

아도니스

황유원 옮김

은행나무세계문학 에세 • 29

은행나무

칼리다*에게

* 칼리다 사이드(Khalida Saïd). 아도니스의 아내이자 문학평론가.

사랑스러운 태양이여, 어찌하여 그대는 내게 충분치 아니한가?

—횔덜린*

그리고 갑자기 그가 온다, 우리 위로 내려온다,

선동자,

이방인,

민족을 빚어내는 목소리인 그가.

—횔덜린

*   프리드리히 횔덜린(Friedrich Hölderlin, 1770~1843). 독일의 시인.

차례

죽은 신

다시 태어난 죽음

낯선 말[言]들의 기사

시편(詩篇)

그가 다가온다, 비무장한 숲처럼, 부정할 수 없는 구름처럼. 어제 그는 한 대륙을 메어 나르고 바다를 다른 자리로 옮겨놓았다.

그는 낮의 어두운 면을 끌어당기고, 두 발로 낮을 빚고서 밤의 장화를 빌리고는 절대 오지 않을 것을 기다린다. 그는 사물들의 물리(物理)다―그는 그것들을 알고, 그것들에게 누설되지 않을 이름을 붙여준다. 그는 실재이자 그것의 정반대, 삶이자 삶 아닌 것이다.

돌이 호수가 되고 그늘이 도시가 되는 곳에서 그는 산다―그는 살면서 절망을 옆길로 유인하고, 희망의 드넓은 공터를 지워버리며, 흙먼지가 하품하도록 춤추고, 나무가 잠들노록 춤춘다.

그리고 여기서 그는 여러 극단(極端)의 쪼개짐을 선언하고, 우리 시대의 이마에 마법의 표식을 새긴다.

그는 보이지 않게 삶에 스며든다. 삶을 물거품으로 만들고 그 속으로 뛰어든다. 내일을 사냥감으로 뒤바꿔 필사적으로 뒤쫓는다. 그의 말은 상실 상실 상실을 향해 새겨져 있다.

당혹감이 그의 고향이지만, 그는 눈[目]으로 가득 차 있다.

그는 공포를 불러일으키고 활기를 소생시킨다.
그는 비극을 땀처럼 흘리고 아이러니로 넘쳐흐른다.
그는 인간을 양파 껍질처럼 벗겨버린다.

그는 물러섬 없이 부는 바람, 근원으로 돌아가지 않는 물이다.
그는 자신의 형상대로 자기 족속을 창조한다―그에게는 조상
이 없으니, 그의 뿌리는 그의 발걸음 속에 있다.

바람처럼 광막하게, 그가 심연 속을 걸어간다.

별이 아니다

별이 아니다, 예언자의 영감도 아니다,
달에게 복종하는 얼굴도 아니다—

그가 가까이에 있다, 이교도의 창(槍)처럼
문자의 나라를 침략하며,
피 흘리며, 태양을 향해 그 피를 들어 올리며,

벌거벗은 돌로 치장한 채
동굴을 향해 기도하며,

그가 무게 없는 세상을 끌어안는다.

미흐야르는 왕이다

미흐야르는 왕이다,
불의 궁전과 낙원을 꿈꾸는 왕.

오늘, 말[言]이 듣는 가운데
세상을 뜬 한 목소리가 그에 대해 이의를 제기했다.

미흐야르는 왕이다,
그는 바람의 왕국에 거하며
신비의 땅을 다스린다.

목소리

미흐야르―자신이 사랑하는 이들에게 배신당한 얼굴,

미흐야르―침묵하는 종(鐘),

미흐야르가 우리 얼굴에 글자처럼 쓰여 있다,

망명의 하얀 길 위에서

은밀히 우리를 방문하는 노래가,

이 갈릴리 땅의

방랑자들 사이에서 울리는

징 소리, 미흐야르가.

또 다른 목소리

그는 사물의 실마리를 놓쳤다, 인식의 별이
희미해졌으나 그는 결코 흔들리지 않았다,
발걸음이 돌이 되고
권태로 두 뺨이 움푹 꺼졌을 때조차도.
그는 짓이겨진 사지를 그러모았다,
필사적으로 그러모았고, 그러고는 흩어져버렸다.

그의 눈이 태어난다

시시포스를 찾아
미친 듯이 굴러가는 돌 속에서
그의 눈이 태어난다,

그의 눈이 태어난다
아리아드네를 찾는
당혹스럽고 꺼져가는 눈 속에서,

그의 눈이 태어난다
시체가 된 공간에서 흘러나오는
피 같은 여정 속에서,

죽음의 얼굴을 뒤집어쓴 세상,
목소리도 혀도 건너가지 못하는 세상 속에서,
그의 눈이 태어난다.

나날

그의 눈은 나날이 나른해져갔다,

나날이 모자라서 그의 눈은 나른해져갔다,

그러나 그는 이 나날의 벽을 뚫고

또 다른 하루를 찾을 수 있을 것인가?

그리고 그곳에―어딘가에―또 다른 하루가 있을 것인가?

죽음으로의 초대

(목소리들)

"미흐야르가 우리를 내리친다,

우리 내면의 삶의 겉껍질을 불태운다,

우리의 인내와 고분고분한 이목구비를.

우리의 땅이여, 신과 폭군들의 신부여,

파멸과 공포에 굴복하라—

불에 굴복하라."

목소리

그는 노와 바위 사이로 떨어져
방랑자들과 만난다
세이렌*들의 항아리 속에서,
조개껍질의 속삭임 속에서.

그는 뿌리의 부활을 알린다,
우리의 결혼, 항구, 가수들의 부활을—
그는 바다들의 부활을 알린다.

---

* 그리스 신화에 등장하는 바다의 요정으로, 아름다운 노랫소리로 뱃사람들을 홀려
죽게 했다고 한다.

노래들의 가면

진창에 빠진 땅에서 자신의 역사라는 이름으로

그는 굶주림에 자기 이마를 먹어치운다,

계절들이 알 겨를도 없이 그는 소멸한다

노래들의 이 끝없이 긴

가면 뒤로.

오직 그만이 신실한 씨앗,

오직 그만이 삶의 심연에 거한다.

메디나의 조력자들

1

메디나*의 조력자들이여, 그를 맞이하라

가시로, 아니면 돌로 그를 맞이하라,

그러고는 그를 매달고 그의 양팔을 아치 모양으로 구부려

그 사이로 무덤이 지나가게 하라,

그의 관자놀이에

잉걸불이나 문신으로 왕관을 씌우고,

미흐야르를 불타오르게 하라.

2

올리브 나무 한 그루와 강 하나보다 더 많은 것들,

불어오거나 불어 가는 바람 한 줄기보다 더 많은 것들,

섬 하나와 숲 하나보다 더 많은 것들,

구름 한 점보다 더 많은 것들이

그의 느린 길을 따라 내달리며

각자의 잠자리에서, 그의 책을 읽게 하라.

---

* 사우디아라비아의 서부 헤자즈 지방에 있는 도시로, 이슬람교의 창시자 무함마드
가 622년에 메카에서 쫓겨나 옮겨 온 곳이다. 메카에 버금가는 이슬람교의 성지
이다.

신약(新約)

그는 이 언어를 모른다,

그는 광야의 목소리를 알지 못한다.

아득한 혀를 가득 실은

돌처럼 무기력한 신탁,

그는 구름 더미 아래로 나아간다

낯선 문자들의 기후 속에서

의기소침한 바람들에게 자신의 시를 건네며,

구리처럼 거칠고 매혹적인,

돛대 사이로 물결치는 언어여,

낯선 말들의 기사여.

메아리와 외침 사이에

메아리와 외침 사이에, 그는 숨는다
문자들의 서리 아래, 그는 숨는다
방랑자들의 한숨 속에, 그는 숨는다
파도 속에, 조개껍질 사이에, 그는 숨는다.

그리고 아침이 그의 눈앞에서
문을 닫을 때, 아침이 숨을 거둘 때,
그는 절망 속에서 잃어버렸던 산 쪽으로
등불을 돌린다, 피난처를 찾는다.

종

야자나무가 몸을 숙인다,

낮도 몸을 숙인다, 그리고 저녁도—

그가 다가온다, 그는 우리와 같다.

그런데도 하늘은 여전히

그의 이름으로 비의 지붕을 들어 올리고

더 가까이 몸을 숙였다, 우리 위에

그의 얼굴, 초록빛 종을 매달려고.

하늘이 끝나는 곳

그는 꿈꾼다, 도래하는 도시의 심연 속으로
시선을 던지길,
그는 꿈꾼다, 심연 속에서 춤추길,
그는 꿈꾼다, 굶주림의 나날도 창조의 나날도
모르길.

그는 꿈꾼다, 자신이 부풀어 올랐다 부서지길
바다처럼—그는 꿈꾼다, 비밀을 다그쳐
자신의 하늘이 끝나는 곳에서
그 하늘 움직이게 하길.

미흐야르의 얼굴

미흐야르의 얼굴은 불이다
익숙한 별들의 세상을 집어삼키는 불.

그는 칼리프*의 경계를 넘어
지는 별들의 깃발을 들어 올리고
모든 집을 무너뜨린다,
그는 이맘**의 직분을 거부하며
자신의 절망을 남긴다
계절의 얼굴 위에, 하나의 징표처럼.

*   caliph. 과거 이슬람 국가의 통치자를 가리키던 칭호.
** imam. 이슬람 교단의 지도자를 가리키는 직명.

당혹감

(목소리들)

"당혹감 때문에 그는

우리에게 흙먼지 읽는 법을 가르쳤다.

그의 당혹감 때문에

여러 세대의 목마름으로 생겨난 불의 구름 한 점이

우리의 바다들 위로 지나갔다.

그의 당혹감 때문에

상상력은 우리에게

그의 펜과 책을 주었다."

그는 자기 손안에서 잠든다

그의 손바닥은 뻗어간다
죽은 고향으로, 말 못 하는 거리들로.

죽음이 그의 눈에 매달릴 때
그는 세상의 피부와 그 안의 모든 것을 걸치고,
자기 손안에서 잠든다.

그의 눈은 담고 있다

그는 자기 눈에서 흐릿한

빛 하나를, 나날의 끝과 바람에서 불꽃 하나를, 자기 손과

빗물의 섬들에서 격렬한 성미 하나를 집어

아침을 창조한다.

나는 그를 안다—그의 눈은 담고 있다

바다들의 예언을.

그는 나를 역사라고 불렀다, 공간을 깨끗이

씻어내는 한 편의 시라고.

나는 그를 안다—그는 나를 홍수라고 불렀다.

낮의 쌍둥이

밤—문과 마녀들이 있다
미흐야르의 폐부 안에,
그의 누런 얼굴과 손에.

우리처럼 죽어라, 우리와 함께 자신을 잃어라, 생명의 아담이
여,
그를 찾게 우리를 바다로 보내라,
우리는 그를 갈망하고, 그를 위해 산다—미흐야르,
우리의 쌍둥이이자 낮의 쌍둥이인 그를 위해.

낮의 바람

무슨 일인가? 미흐야르가 길을 잃었다,

그는 자신의 수수께끼를 풀어서 던져버렸다

돌처럼 먼지의 책 속으로.

올려라, 돛을 올려라,

이 바다들을 가로질러라.

그대는 지금껏 무슨 다른 바다들을 보았는가?

무슨 일인가? 낮의 바람이 그대를 앞서갔다.

타인들

그는 타인들을 알아보았다
그리하여 그들 위로 바위를 던지고는 돌아섰다,
새벽을 짊어진 채,
비옥한 순결함을 재촉하는 세월을 짊어진 채.

그의 얼굴은 낯선 경계들 위에 매달려 있다,
경계들을 굽어보며 빛나고 있다.

그가 어느 땅으로 간다
자신 말고는 아무것도 보이지 않는 곳으로,
그가 어느 땅으로 돌아간다
타인들은 전혀 보이지 않는 곳으로,
새벽을 짊어진 채,
가까운 하늘의 페이지를 지우며.

야만적인 성자

환시(幻視)*와 갈망의 땅이여,

이 미흐야르는 그대의 야만적인 성자다—

그는 나의 입술을 달고 나의 이마를 지닌 채

방랑자들을 속박하는 이 하찮은 시대에 맞선다.

이 미흐야르는 그대의 야만적인 성자다—

그의 손톱 아래에는 신이 있다, 그리고 피가.

그는 버려진 창조자,

자신을 보고서 길 잃은 자들을 그는 사랑한다.

*　본문에서 '환시'로 옮긴 'vision'은 헛것을 본다는 부정적인 의미가 아닌, 종교적
　　의미에서의 환영 혹은 선견지명의 의미로 사용되고 있다.

흙먼지의 마법사

시편

　　나는 나의 심연을 짊어지고 걷는다. 끝나는 길들을 지워버리고, 하늘만큼 길고 대지만큼 드넓은 길들을 시작하게 하며, 발걸음마다 적을 창조한다, 내게 걸맞은 적을. 심연은 나의 베개, 폐허는 나의 중재자.

　　정녕, 나는 죽음이다.

　　애가(哀歌)가 나의 형식이다―나는 지우고 기다린다, 나를 지워줄 자를. 나의 연기(煙氣)에도 마법에도 방해물은 없다. 그리하여 나는 공기의 기억 속에 산다.

　　나는 우리의 시대(모래처럼 무너지고 아연처럼 융해되는 시대, 구름이 '구름 떼'라 불리고 금속이 '지성'이라 불리는 시대, 복종과 신기루, 우상과 허수아비의 시대, 탐욕의 시대, 영원한 쇠퇴의 시대)를 위한 억양과 악센트를 발견한다.

　　그렇지만 나에게는 시대와 나를 이어줄 동맥이 없다―나는 흩어져 있고, 아무것도 나를 모아주지 않는다.

　　나는 리바이어던의 격통 같은 갈망을 창조한다.

　　다가오는 태양의 심장 속에서 은밀히 살고, 밤의 유년기 속으로 피신해 아침의 무릎에 머리를 기댄다. 나는 엑소더스에 관한 책들을 쓰며 떠나지만, 나를 기다려줄 약속의 땅은 없다.

나는 예언자이자 회의론자이다.

나는 몰락의 누룩을 치댄다. 과거를 몰락하게 내버려두고 나 자신을 택한다. 우리 시대를 납작하게 만들며 밀어서 편다. 나는 그것을—거대한 괴물이자 괴물 같은 거인을—큰 소리로 부르고, 웃음과 울음을 터뜨린다.

나는 이 시대에 대한 반론이다.

나는 내 안의 모든 흔적과 얼룩을 지운다. 텅 빔과 순수함을 지키고자 나 자신을 속속들이 씻어낸다. 그리하여 나는 나 자신의 밑바닥에 거한다.

나의 혈관은 출혈을 먹고 살며, 나의 자리는 죽은 이들 사이에 존재하지 않는다. 생명은 나의 희생물이고, 나는 죽는 법을 모른다—나의 시간은 눈에 잘 띄는 곳에 숨겨져 있다. 어제 나는 파도의 의례에 참여했고, 물은 나의 불길이었다.

나는 서두르고, 죽음은 나를 뒤쫓으며 내 두 눈 사이를 바람으로 가득 채운다. 나는 죽음과 함께 웃음을 터뜨리고, 속눈썹의 떨림 속에서 울음을 터뜨린다─아아, 어리석은 죽음, 눈물 흘리는 죽음이여.

나는 내가 봄[春] 속에 있음을 안다. 나는 무덤 속으로 파고들며 콧소리로 말하지만, 나는 살아 있고 타인들도 그 사실을 안다.

나는 덤벼들어 뿌리를 뽑는다. 지나가며 선고를 내린다. 내가 지나는 곳에는 또 다른 세상의 폭포가 흐르고, 내가 지나는 곳에는 죽음과 막다른 길이 놓여 있다.

그리고 나는 머무를 것이다, 나 자신이 산울타리처럼 나를 둘러막고 있기에.

상처

1

바람 아래 잠든 잎은
상처를 위한 배 한 척.
스러지는 시간은 상처의 영광.
우리의 속눈썹 사이로 솟아오르는 나무들은
상처를 위한 호수.

상처는 다리[橋]들 위에 놓여 있다
무덤이 길어질 때,
우리의 사랑과 죽음의 양쪽 둑 사이로
인내가 몸을 뻗을 때.
상처가, 하나의 몸짓이, 지나가고 있다.

2

나는 상처의 목소리를 건네준다

목 졸린 종(鐘)들의 혀에게,

멀리서 다가오는 돌에게,

메마름과 메마른 땅에게,

얼음의 들것에 실려 오는 시간에게,

나는 상처의 불을 지핀다.

역사가 내 옷에서 타오를 때,

푸른 손톱이 내 책에서 싹틀 때,

한낮에 내가, 너는 누구냐? 누가 너를

나의 공책들 속으로,

나의 순결한 땅 속으로 밀어 넣고 있는가?

하고 외칠 때,

나의 공책들, 나의 순결한 땅 속에서

나는 흙먼지의 두 눈을 힐끗 엿보며

누군가가 이렇게 말하는 소리를 듣는다
"나는 너의 비좁은 역사(歷史) 속에서
자라나는 상처다."

3

나는 너를 구름이라 불렀다,
상처여, 떠나가는 비둘기여,
나는 너를 깃펜이라고, 책이라고 불렀다.
그리고 나는 여기서 이렇게, 나 자신과
익사한 혀 사이의 대화를 시작한다
엑소더스의 섬들에서,
태곳적 몰락의 군도에서.
그리고 나는 여기서 이렇게, 그 대화를 가르친다
바람과 야자수에게—
상처여, 떠나가는 비둘기여,

4

내게 항구가 있다면, 꿈과 거울의 땅에 있는
한 척의 배가 있다면,
내게 한 도시의
잔해가 있다면, 아이들과 울음의 땅에 있는
도시가 있다면,

나는 그것들 모두를 상처를 위해 버려서
나무와 돌과 하늘을 꿰뚫는
창 같은 노래를 만들리라,
물처럼 유연하고 정복처럼 제멋대로인
아찔한 노래를.

5

꿈과 갈망으로 장식된 세상이여,

우리의 사막 위로 비가 되어 내려다오,

비가 되어 내리며 흔들어다오, 상처의 야자수인 우리를,

그리고 우리를 위해 가지 두 개를 꺾어다오

상처의 침묵을 사랑하는 나무에서,

속눈썹과 손을 아치 모양으로 구부린 채

밤새워 상처를 지키는 나무에서.

꿈과 갈망으로 장식된 세상이여,

내 이마에 떨어져

상처처럼 아로새겨진 세상이여,

더 가까이 오지 마라―상처가 그대보다 더 가까우니.

나를 유혹하지 마라―상처가 더 아름다우니,

그리고 상처는 그 마지막 왕국들에서

그대의 눈이 건 마법을

이미 지나쳤으니,

길 잃으라고 유혹할 돛 하나,

섬 하나 남겨두지 않은 채.

어느 신이 죽었다……

어느 신이 죽었다, 그는 떨어졌다
저 너머에서, 하늘의 두개골에서.

어쩌면 공포와 파괴 속에서,
절망의 한복판에서, 황야에서,
나의 심연에서 그 신은 일어날 것이다.

어쩌면, 왜냐하면 대지는 나의 침상이자 신부이기에,
세상 자체가 고개 숙여 절하기에.

상실

길을 잃고서, 나는 흙먼지와 아침에게 내 얼굴을 내던진다,

광기에게 내던진다.

나의 눈은 풀과 불꽃,

나의 눈은 깃발과 떠나간 이들.

길을 잃고서, 나는 흙먼지와 아침에게 내 얼굴을 내던진다,

나는 길의 끝에서 태어난다,

나는 외친다, 길과 흙먼지도 나와 함께 외치길:

신이시여, 나의 얼굴을 잃는 것은 얼마나 사랑스러운 일인지요,

길을 잃고서 불로 가득 차오르는 것은 얼마나 사랑스러운 일인

지요,

나의 무덤이여, 봄의 새벽에 맞이하는 나의 끝이여.

돌

나는 이 고요한 돌을 숭배한다—
나는 돌의 윤곽에서 내 얼굴을 보았고,
돌에서 나의 잃어버린 시를 보았다.

타락

나는 역병과 불 속에 산다
나의 언어와, 이 말 없는 세상들과 함께.

나는 사과와 천국의 낙원에 산다,
첫 기쁨과 절망 속에
이브의 손안에―
나, 저 저주받은 나무들의 주인,
그 열매의 주인은.

나는 구름과 불꽃 사이에 산다,
자라나는 돌 속에, 비밀과
타락을 가르치는 책 속에.

대화

"그대는 누구이며, 누구를 택할 것인가, 미흐야르여?
어디로 몸을 돌리든 그대는 알라 혹은 악마의 심연을,
다가오는 지옥 혹은 물러가는 지옥을 발견하게 될 터이고,
결국 이 세상은 하나의 선택인 것을."

"나는 알라도 악마도 선택하지 않는다.
그 둘은 모두 벽.
그 둘은 모두 내 눈을 감기게 한다.

왜 하나의 벽을 또 다른 벽으로 바꿔야 한단 말인가?
나의 당혹감은 빛나는 자의 당혹감,
모든 것을 아는 자의 당혹감……"

죄의 혀

나는 나의 유산을 불태운다, 나의 땅을 미개척지라 부른다,
나의 젊음에는 무덤이 없다.
나는 신과 악마를 넘어 지나간다
(나의 길은 신과 악마의 길을
넘어선다).

나는 나의 책을 통과한다
빛나는 번개의 행렬 속에서,
초록빛 번개의 행렬 속에서,
나는 크게 외친다: 천국도 타락도 나를 뒤따르지 않으리,
그리하여 나는 죄의 혀를 지운다.

바람의 왕

국경이 나의 깃발—그것은 아무도 만나지 않고, 누구와도 어
울리지 않는다.
국경이 나의 노래.

나는 꽃을 동원하고 나무를 징집한다,
하늘을 주랑처럼 쭉 펼치고,
사랑하고, 살고, 나의 말[言] 속에서 태어난다.

나는 아침의 깃발 아래서
나비를 모은다,
열매를 가꾸고
비와 함께 밤을 보낸다,
구름과 그 종소리 속에서, 바닷속에서.

나는 별들을 불러내 하늘에 못 박으며
스스로를
바람의 왕이라고 선포한다.

돌

나는 너의 모든 소원에 응했다: 나의 노래는

나의 빵, 나의 말은 나의 왕국.

돌이여, 나의 발걸음을 무겁게 눌러라—

나는 너를 새벽처럼 어깨에 짊어지고,

너를 내 얼굴에 환시처럼 그려 넣었다.

심연

나는 다가간다, 보이지 않는 심연 속에서,
보기 두려운 심연 속에서.
나는 다가간다, 예언자와 전령들의
기쁨으로 가득한 심연 속에서,
내 노래가 또 다른 노래가 되어
이 눈먼 세상을 인도하는 것을
보는 기쁨—

내가 죄가 되는,
그리고
죄 없이 살아가는 죄인이 되는 기쁨.

나에게는 나만의 비결이 있다……

나에게는 거미줄 위를 걷는

나만의 비결이 있고,

죽지 않는 신의 속눈썹 아래서 사는

나만의 비결이 있다.

사랑 속에서, 나는 내 얼굴과 목소리 속에 산다:

나에게는 죽은 후에도 자손들이 나를 찾아오게 하는

나만의 비결이 있다.

그대의 눈은 나를 보지 못했다

그대의 눈은 나를 보지 못했다,

창조하는 정자(精子)의 물처럼 순결한 나를,

그대의 눈은 멀리서 다가오는 나를 보지 못했다,

봉헌의 행렬 속에서

발걸음마다 풀과 벼락을 남기며 다가오는 나를.

내일, 내일 봄의 불길 속에서

그대는 알게 되리라, 내가 무리의 도살자임을,

그대는 알게 되리라, 내가 씨 뿌리는 자임을,

내일, 내일 그대는 그대 자신의 두 눈으로 나를 보게 되리라.

대화

"그대는 어디 있었나?
그대의 속눈썹 아래서 우는 그 빛은 무엇인가?
그대는 어디 있었나?
내게 보여주오. 그대는 무엇을 썼나?"

나는 대답하지 않았다. 말문이 막혔고,
그래서 나는 내가 쓴 페이지들을 찢어버렸다
잉크의 구름 아래에서 별 하나 찾지 못했기에.

"그대의 속눈썹 아래서 우는 그 빛은 무엇인가?
그대는 어디 있었나?"

나는 대답하지 않았다. 밤은 베두인족의 천막이었고,
등불은 어느 부족이었으며,
나는 수척한 태양이었다.
태양 아래서 대지는 언덕의 형태를 바꾸었고,
방랑자는 그 기나긴 길을 발견했다.

현존

나는 대지로 통하는 문을 열고, 현존의 불을 지핀다

물에 비친 구름 속에서, 행진하는 구름 속에서,

대양과 그 열렬한 파도 속에서,

산과 숲과 돌 속에서,

아이를 밴 밤들을 위해

뿌리의 재로,

천둥과 번개로, 노래의 들판으로 한 나라를 만들며,

오랜 세월의 미라를 불태우며.

일곱 날

어머니, 당신은 조롱합니다

저의 사랑과 미움을.

당신은 일곱 날 동안 만들어졌고,

그러고서 당신은 수평선과 파도를,

노래의 깃털을 만들었습니다.

하지만 *저의* 일곱 날은 상처와 까마귀일 뿐.

그러니 대체 신비로울 게 뭐가 있나요,

당신처럼 저도 바람과 흙일 뿐이라면?

오르페우스

나, 사랑에 빠진 돌은 지옥의 어둠 속으로
굴러떨어지는데, 그럼에도 나는 빛난다.

나는 선견자(先見者)들과 회합하리라
태곳적 신의 침상에서.
나의 말은 삶을 뒤흔드는 바람,
나의 노래는 불꽃.

나는 도래할 신의 혀이자
흙먼지의 마법사.

마법의 땅

아무것도 남지 않았다―복수도 다툼도―

나와 나날의 파수꾼 사이에는.

모든 게 사라졌고, 모두가 자신의 역사에

구름으로 산울타리를 쳤으며, 모두가 자신의 한계를 배웠다.

나의 땅은 여전히 마법의 땅으로 남았다:

나는 공기를 속이고,

물의 얼굴에 상처를 내며,

호리병에서 나와 바닷속으로 들어간다.

환시

그을린 나무로 만든 가면을 써라,

불과 비밀의 바벨*이여,

나는 도래할 신을 기다린다

불길을 걸치고,

석화(石花)와 바다의 폐부에서 훔쳐 온

진주로 꾸민 그분을.

나는 길 잃은 신을 기다린다,

분노하며 울고, 몸을 구부린 채 빛나는 그분을—

그대의 얼굴은, 미흐야르여,

도래할 신을 예고한다.

---

*   바빌로니아 왕국의 수도였던 바빌론을 가리킨다. 이곳에다 노아의 자손들이 하늘
에 닿는 탑을 세우려 했다고 전해진다.

여행

파도와 날개를 타고 여행을 떠나리라,
우리를 저버린 시대들과
끈적거리는 일곱 번째 천국을 찾아가리라,
입술들을 찾아가리라,
눈[雪]으로 가득 찬 눈[目]들과, 신의 지옥에서
빛나는 칼날을.

사라지리라, 가슴을 떼어다가
바람에 동여매리라,
먼 황야의 갈림길에
발자국을 남기리라.

우리에게 남겨다오

떠나라, 출발하라, 파도와 공기를 껴안아라,

너의 속눈썹에 구름과 번개를 짊어져라,

우리의 거울들이 네 뒤에서

깨지게 하라, 세월의 약병도 깨지라 하라,

그리고 우리에게 남겨다오……

아니. 우리에게는 아무것도 남기지 말아다오

슬픔과 진흙의 잔해 말고는 아무것도,

오직 혈관에 말라붙은 피만을 남겨다오.

그냥 가버려라. 아니, 잠깐—

너는 거의 다 사라져버렸으니,

우리에게 남겨다오

너의 눈 혹은 어두운 시신 혹은 길고 헐거운 겉옷을,

낯선 세상을 위해 그것들을 시(詩)로 남겨다오,

속눈썹에 너의 하늘을 짊어진 채

갈망을 안고 찾아오는 그 세상을 위해.

나는 나의 나날을 내맡겼다

나는 나의 나날을 내맡겼다
나의 수레 아래서 솟구쳤다 가라앉는 심연에.
나는 내 두 눈 속에 나의 무덤을 팠다.

나는 유령들의 주인―나는 그들에게
나의 성(性)을 준다. 어제는 그들에게 나의 언어를 주었다.
내 입술 위에서 비틀거리며 더듬거리는
패배한 역사를 위해 나는 울었다,
나의 폐부 속에서 그을린 푸른 나무들이 느낀
공포를 위해 나는 울었다.

나는 유령들의 주인,
나는 그들을 선동하고 이끈다
나의 피와 목소리로.

태양은 내가 덫으로 붙잡은 종달새,
나는 바람을 머리에 쓴다.

눈물의 다리

눈물의 다리[橋]가 나와 함께 걷고
내 눈꺼풀 아래에서 산산이 부서진다.
나의 도자기 같은 피부에는
유년기의 기사(騎士)가 깃들어 있어,
자신의 말들을 바람의 밧줄로
나무 그늘에 매어두고
예언자의 목소리로 우리에게 노래한다:

"바람이여,
유년기여,
눈꺼풀 뒤에서 무너진
눈물의 다리들이여."

나에게 한계란 없다

파도와 산으로 장식된 나의 길을 대신해서,

메아리로 가득 찬 나의 얼굴을 대신해서,

나는 하늘에 걸린 촛불 수천 개를 꺼트렸다,

나는 나의 이와 푸른 손톱에게 말했다

나와 함께 물러서서

울부짖는 파도에 항복하라고,

나는 그것들에게 말했다

나를 최후의 기슭에 묶어두던 밧줄을 끊어달라고—

나에게 한계란 없다, 최후의 기슭도 없다.

장벽들

아침은 언제나 읽히고 또 읽힌다,

피부 아래에는 언제나 이 동굴들,

이 장벽들, 이 잔해,

언제나 이 회랑들,

속눈썹 아래에는 언제나 이 무덤들,

이 절단된 사지들, 네 노래의 이 희생자들,

이 모든 것, 그 속의 네 얼굴에는 대지가 없고,

춤과 탄생도 없고,

네 핏줄 속에는 언제나 유산(流産)—

겉껍질은 너를 위해 별 하나를 품고, 돌들은 유산(遺産)을,

하루는 한 나라를 품는다,

공허의 왕자여, 그 속에서 바람과 광활함이 죽는 언어여.

고독한 땅

나는 이 달아나는 말[言]들 속에 거한다,

나는 산다, 내 얼굴은 내 얼굴의 유일한 동반자,

그리고 내 얼굴은 나의 길,

그대의 이름을 걸고 말하건대, 우뚝 선 나의 땅은

마법에 걸려 고독하고,

그대의 이름을 걸고 말하건대, 죽음, 그것은 나의 친구.

소망

만일 깊이와 세월을 품은 나무들 사이에서 한 그루 삼나무가

내게 양팔을 열어, 진주와 돛의 유혹으로부터

나를 지켜준다면,

그 나무의 뿌리를 내가 가질 수 있다면,

내 얼굴이 그 슬픈 나무껍질 너머로 닻을 내릴 수 있다면,

나는 지평선―그 충실한 나라―의

구름과 햇살이 되리라.

하지만 나는 살아 있고, 깊이와 세월을 품은

나무들의 나뭇가지는 저마다

내 이마 위의 불이다,

열병과 상실의 불,

나를 지켜주는 대지를 불살라버리는.

나는 그대에게 말했네……

나는 그대에게 말했네, 바다들이 나에게

그들이 쓴 시를 읽어줄 때

석화 속 잠든 종의 소리를 나는 들었다고,

나는 그대에게 말했네, 악마의 결혼식에서,

전설의 만찬에서 나는 노래했다고,

나는 그대에게 말했네, 역사의 빗속에서,

빛나는 저 먼 곳에서,

정령과 집 한 채를 나는 보았다고,

내 두 눈 속에서 돛을 올렸기에

나는 그대에게 말했네, 나는 모든 것을 보았다고

먼 곳으로 내딛는 나의 첫걸음에서.

패배

이제 나는 너희를, 나의 노래들이여,
구름으로, 애가로, 비로 녹여낸다.
나는 은총과 죄악을 뒤섞어,
패배의 창(槍)으로
흙먼지와 아침의 깃발을 뜨개질한다.

마법과 불과 향연이
나의 왕국, 안개가
나의 군대, 그리고 온 세상이 패배다.

그대는 그저 보기만 하면 된다

(목소리들)

"그대는 그저 보기만 하면 된다,
산꼭대기를 끌어안기 위해
그저 멀리서 죽기만 하면 된다.

그대의 눈에는 침묵도 말도 없다,
마치 그대가 연기인 것처럼,
마치 그대가 나날 그 자체인 것처럼.
그대의 피부는 한 자리에서 벗겨지지만
그대는 다른 곳에 있다.

그대는 그저 광야에서 살기만 하면 된다,
패배한 채 못처럼 말없이.
그대는 누구의 이마에서도 신을 엿보지 못할 것이다,
미흐야르여, 그대는 그저 그분이 지워버린 비밀을
지키기만 하면 된다.

그대는 그저 보기만 하면 된다,

그저 멀리서 죽기만 하면 된다.”

의자

(꿈)

오래전에 나의 울음은 도시 전체를 울렸다:

나는 세상의 껍질을 쥐었고,

오래전에 배[船]에게 나의 노래를 속삭여주었다,

장밋빛 불꽃에 싸인 나의 노래—

전부 아니면 전무.

나의 어린 후손들이여, 나는 지쳤다

나 자신과 바다들에.

내게 의자를 가져다다오.

등불

그는 등불을 든다
대낮에도. 그는 눈에
모래가 들어가지 않은 사람을 찾는다.
그는 흙먼지 묻은 발바닥으로 걷는다.
그는 통 속에서 잔다*,
자기 손바닥에 싸인 채.

―왜 그러나?
―나에게는 눈이 없다네.
나와 내 형제들 사이에 카인이 서 있고,
홍수가 나를 다른 이들과 갈라놓는다.

밤과 낮이 잠들 때
나는 불시에 살인자를 덮친다.

*　시에서 말하는 '그'가 고대 그리스의 견유학파 철학자 디오게네스임을 암시한다. 디오게네스는 대낮에 등불을 들고 거리를 걷기도 했는데, 누가 그에게 왜 그런 일을 하느냐고 묻자 '나는 솔직한 사람을 찾고 있다'라고 했다고 전해진다.

내가 걸으면 흙먼지가 뒤따라 걷는데,

그러나 나는 등불 없이 걷는다.

나는 오디세우스를 찾는다

나는 유황 동굴 속으로 헤매어 들어가

그 불꽃을 끌어안는다.

구름처럼 피어오르는 향 속에서, 악마의 손톱 사이에서

나는 신비스러운 것들을 놀라게 한다.

나는 오디세우스를 찾는다.

어쩌면 그가 나를 위해 자신의 나날을 사다리*처럼 들어 올려

줄지도,

어쩌면 그가 내게 말을 걸어 파도도 모르는 이야기를 들려줄

지도……

*　'사다리'로 옮긴 아랍어 '미라지(mi'rāj)'는 '승천', 즉 예언자 무함마드가 제7천국
을 지나는 동안 대천사 가브리엘과 여러 예언자를 만난 '미라지(승천)의 밤'을 뜻
하기도 한다.

오래된 나라

나는 나의 목 졸린 울음의 깃발들을 내맡겼다
바위와 메아리에게,
그것들을 흙먼지의 성채에,
패배와 거부의 자만심에게 내맡겼다.

내게 남은 것은 이제 너뿐이다, 나의 오래된 나라여,
너, 비밀들이여.

돌아갈 곳 없는 땅

설령 그대가 돌아간다 해도, 오디세우스여,

설령 그 먼 곳들이 그대를 가두기 시작하고

그 증거가 그대의 비극적인 얼굴에

혹은 그대의 은밀한 두려움에

불길로 새겨진다 해도,

그대는 여전히 떠남의 역사일 것이다,

여전히 기약 없는 땅에 남을 것이다,

여전히 돌아갈 곳 없는 땅에 남을 것이다,

설령 그대가 돌아간다 해도, 오디세우스여.

오늘 나는 내 혀를 가졌다

나는 내 왕국을 파괴했다,

나의 왕좌와 광장들, 주랑 현관들을 파괴했다,

그리고 내 폐부의 부력에 실려 길을 나섰다,

찾기 위해, 바다에게 나의 빗방울을 가르치고

나의 향로와 불을 건네주기 위해,

닥쳐오는 시간을 내 입술 위에 글로 쓰기 위해.

오늘 나는 내 혀를 가졌다,

나는 나의 경계와 땅과 징표를 가졌다,

당혹감으로 나를 기르는 나의 백성들,

나의 돌무더기와 날개에서 빛을 찾는 이들을.

대지

그대는 몇 번이고 말했다, "나에게는 또 다른 나라가 있다"라
고,
그대의 손바닥이 눈물로 가득 차오르는 동안,
그대의 두 눈이
그 나라의 전진하는 경계들의 번개로 가득 차오르는 동안.

그대의 눈은 깨달았는가, 대지가
―그대의 발걸음이 울거나 기뻐한 곳이 어디든,
그대가 노래했듯이, 그곳이 여기든 저기든―
그대를 제외한 모든 행인을 안다는 사실을?
대지는 혼자이며,
내장과 젖이 메말라
거부의 의례는 알지 못한다는 사실을?

그대의 눈은 확신하는가,
그대 자신이 곧 그 대지라고?

먼 곳을 위한 언어

어제 눈구멍 아래에서 나는 흙먼지 아래로 여행을 떠났고

우리의 메아리를 들었다,

경계들이 무너지는 소리를 들었다.

돌아오니 사람들이 말했다,

내가 놀란 나머지 그곳에 내 발걸음을 두고 왔다고.

내 발걸음을? 그래, 마치 발걸음이

동맥과 폐부 사이에서 자유로이 움직이는 것을,

호를 그리며 움직이거나 이끌리는 것을,

골반 속에서, 피부 속에서, 보이지 않는 심연 속에서

당혹스러워하거나 불안하게 흔들리는 것을

내가 보기라도 했던 것처럼,

이 모든 일이 일어난 후 발걸음이 돌아오는 것을

보기라도 했던 것처럼.

발걸음이 지나가도 그대는 그것을 보지 못하리라.

우리는 함께 나눈다, 오직 우리만 이해하는, 먼 곳을 위한 언어를.

번개

번개가 내게 손짓했다—그러고서 울고는 잠들었다
믿음의 숲 속에서.
번개는 내가 누군지 모른다,
내가 어둠의 주인이라는 사실도.

번개가 내게 손짓했다—그러고서 울고는 잠들었다.
내 두 눈을 본 순간부터
번개는 내 손안에서 줄곧 잠들어 있었다.

나의 그림자와 대지의 그림자

하늘이여, 다가와서 쉬어라
나의 숨 막히는 무덤 속에서,
나의 널찍한 이마 위에서.
얼굴도 손도 없이 머물러라,
죽어가는 이의 가래 끓는 소리나 맥박도 없이,
그리고 두 형상을 스케치해라—
나의 그림자와 대지의 그림자를.

오디세우스

"그대는 누구인가? 어느 산꼭대기에서 왔는가,

그대 말고는 아무도 모르는 순결한 언어여?

그대의 이름은 무엇인가? 그대는 어떤 깃발을 들었거나 내던

졌는가?"

그걸 꼭 물어야만 하겠소, 알키노오스*여?

그대는 덮개를 벗겨서 죽은 이의 얼굴을 보려는 것이오?

그대는 내가 어느 산꼭대기에서 왔는지 물었고,

내 이름도 물었소—내 이름은 오디세우스요.

나는 경계 없는 땅에서 왔소,

사람들이 등에 짊어지고 가는 땅에서.

나는 이곳에서 길을 잃었고, 저곳에서 내 시들과 함께 길을 잃

었소,

그리하여 지금 공포와 메마름 한가운데 서 있소,

---

* 파이아케스족의 왕으로, 오디세우스는 난파한 자신을 맞이해준 알키노오스의 궁
전에서 자신의 모험담을 이야기했고, 알키노오스는 오디세우스 무리를 고향인 이
타카로 보내주었다.

머무는 법도 모르고,

돌아가는 법도 모른 채.

죽은 신

시편

나는 새벽이자 맨 마지막에 오는 자—번개의 입에 얼굴을 대고 꿈들에게 나의 빵이 되라 명한다. 나는 대지의 피부를 씻기고, 나비 한 마리를 깃발처럼 들어 올려 그 위에 내 이름들을 쓴다.

나무 한 그루가 제 이름을 바꾸어 나에게 합류하고, 돌들은 내 목소리 속에서 자신들을 씻어내며, 평원은 나의 페이지들과 함께 잎을 터뜨린다—이들이 나의 군대이고, 나의 무기는 풀.

나는 두 겹이고, 세 겹이다, 바람과 돌에 내 얼굴을 새기고, 물 위에 내 얼굴을 새긴다, 나는 지평선에 거한다. 나는 파도의 가면을 쓰고, 바다는 나의 쌍둥이, 나의 짝.

나는 먼 곳을 향해 나아가고, 먼 곳은 거기 그대로 있다. 그리하여 나는 도착하지 못하지만, 그럼에도 빛난다. 나는 멀리 있고, 그 먼 곳이 나의 고향이다.

나는 검은 것들로 가득하고 일처럼 꽉 찬 나라를 버린다, 해가 들어설 자리도, 심지어 바람이 불어 갈 자리도 없는 그 땅을.

나는 눈물처럼 다정한 나라를 창조한다.

세상의 껍질 속에 지뢰를 심는 자들, 타오르는 석탄으로 가득 차고 잉걸불처럼 그득한 자들, 지평선에 경계를 긋는 자들, 지평선이 피 흘릴 때까지 범하고 두들겨 패는 자들, 나비들 아래서 그늘을 찾는 자들—

그들에게 나는 나의 이름들을 주었다. 나는 달린다, 신들은 산울타리처럼 나를 둘러서 있다: 나는 그들을 붙잡아 공격하고, 그들에게 손을 델 때는 그들의 마지막 의례를 장갑처럼 낀다. 나는 꿈의 조개껍질 속에 거하며, 내면의 인간을 선포한다. (돌아보라, 오르페우스여, 세상 속을 걷는 법을 배우라.)

나는 지뢰이자 미끼다. 나는 대지에게 나의 존재를 납득시키고, 세상을 가루로 바스러뜨려 그것에 존재를 부여한다. 나는 지팡이로 돌을 내려치고, 그러자 거부(拒否)가 흘러나와 세상의 육신을 씻겨내며 거부의 홍수와 그것의 창세기를 선언한다.

나는 동굴들과 대화하고, 산을 말[름]로, 골짜기를 음악으로 바꾸며, 창공과 춤추고 대지에 대한 나의 그리움을 돌에게 짊어지운다, 나는 나의 일생을 위한 주문을 쓰고 시계를 산산조각 내며, 절단된 사지를 드넓은 땅에 뿌리고 먼 곳이 나를 인도하게 한다—

드넓은 대지가 나를 붙들고, 나는 그것에게 나의 비밀을 털어

놓는다: "드넓은 대지여, 나는 느린 시간을 숫돌로 갈고, 시계의 바늘에 박차를 가하며 그것들을 전갈처럼 못살게 군다, 나는 도시를 뿌리째 뽑아 매달고, 바다가 한숨 쉬고 춤추게 허락한다.

드넓은 대지여, 나는 발걸음에게 저 먼 곳을 정복하는 법을 가르친다."

돌 거울

신들의 야자수 아래서 벌거벗고

세월의 모래를 옷으로 걸친 채

나는 나의 죽음과 놀고 있었다,

나의 흙먼지로

타인의 왕국을 건설하고 있었다.

길 잃은 말[言]들의 예언자여,

비바람을 뚫고 우리에게 오는

여정의 예언자여,

절망과 나는 그대가 올 것임을 알고 있었다,

우리는 그대가 죽어가는 예언자임을 알고 있었다,

그리하여 우리는 머리를 조아린 채

이렇게 선포했다, "불과 추방을 뚝뚝 흘리며

우리에게 오는 길 잃은 자여,

돌 거울 속에서 우리는 흡족히 받아들인다,

신이자 친구인 그대를."

여정의 예언자여,

돌 거울 속에서

나는 신이자 동료인 그대를 흡족히 받아들인다.

오늘 나는 그대의 이름으로 구름에게 노래한다.

우주와 나의 심장 사이, 가장 바깥쪽 별들이 빛나는 곳에

장벽을 세우리라,

인류와 하늘의 얼굴을 가면처럼 쓴

장벽을.

나는 구름에게 노래한다—

나의 얼굴은 돌이니, 나는 돌 말고는 결코 그 무엇도 숭배하지

않으리라.

노래

말 못 하든, 목 졸린 글자들로 이루어졌든,

목소리가 없든,

혹은 대지의 신음 아래 깔린 언어든—

나의 노래는 죽음을 위한 것,

사물들 속의 병든 기쁨과 사물들 자체를 위한 것,

나의 노래는 거부를 위한 것—

공포이자 치료제인 말들,

질병인 말들.

마지막으로 한 번

죽은 신 107

단 한 번, 마지막으로 한 번

나는 허공을 가로질러 떨어지는 꿈을 꾼다―

나는 색깔들의 섬에 산다,

나는 인간처럼 산다,

눈먼 신들과 눈 뜬 신들과 화해한다,

마지막으로 한 번.

두 번째 땅

나는 나의 두 번째 땅으로 가는 중이다,
나의 깃발과 바람을 데리고.

나날은 죽어간다,
뒤로 제물을 줄줄이 끌며,
그 모든 집을 끌며.

고백

낮의 이목구비 속에는
밤의 시신과 절단된 나의 두 손뿐,
눈꺼풀 아래에는 오직 돌뿐.

나는 얼마나 자주 기도했던가, 완고한 주님께,
과일들에게,
얼마나 자주 굶주린 나무에게 나의 두 눈을 먹였던가,
얼마나 자주 내 부서진 속눈썹을 밟고 지나갔던가,
이교도와의 포옹,
알라와 낮의 파편들과의 포옹을 위해.

기도

나는 네가 재 속에 남길 기도했다,

네가 다시 깨어나거나 낮의 빛을 보지 않길 기도했다—

우리는 너의 밤을 결코 알지 못했고, 그 어둠과 함께 돛을 올린 적도 없다.

불사조여, 나는 기도했다

마법이 멈추고 우리가

불과 재 속에서 만나길.

광기가 우리를 인도하길 기도했다.

여행자

여행하며 나는 내 얼굴을
등불의 유리에 남겨두고 왔다.
나의 지도(地圖)는 창조자 없는 세상,
거부(拒否)가 나의 복음서.

벼락

초록빛 벼락이여,

태양과 광기 속 나의 신부여,

돌이 눈꺼풀 위로 무너져 내렸다,

그러니 사물들의 지도를 바꾸어라.

나는 하늘 없는 세상에서 그대에게 왔다,

신과 심연으로 가득한 곳에서,

바람과 독수리의 날개를 타고.

나는 씨앗들 위로 모래 폭풍을 일으키고,

다가오는 구름에게 고개 숙인다,

그러니 사물들의 지도를 바꾸어라,

태양과 광기 속 나의 이미지여,

초록빛 벼락이여.

침묵이 끝난 후

말은 감히 엄두도 내지 못할 침묵이 끝난 후 나는 외친다,

나는 외친다: 형체 없는 잔해인,

이 침묵 아래서 죽어가는 잔해인 너희 중

그 누가 나를 볼 수 있느냐?

바람이 내 목소리 속에서 번식하기를,

아침이 내 피와 노래 속에서

언어가 되기를 바라며 나는 외친다.

나는 외친다: 말은 감히 엄두도 내지 못할 이 침묵 아래서

너희 중 그 누가 나를 볼 수 있느냐?

내가 혼자임을—어둠과 단둘이 있음을—확신하고자 나는

외친다.

신성한 늑대

숯처럼 까맣게 탄 아침의 얼굴은 도망자,
그리고 나는 달의 죽음.

밤의 종(鐘)은 내 얼굴 아래서 부서지고
나는 새로 태어난 신성한 늑대.

아이의 발

나는 너에게 거인과 연기를 준다,
우리가 부채선인장과 독보리를 먹여 기르는
회색 준마를.

나는 너에게 바람과 문(門)을 준다,
너에게 놀이를 준다,
꿈과 노란 공책을,
문자와 글쓰기를 준다,
지혜와 속담의 방에서 하는ㅡ

태양이여, 구름과 폭포의 정령이여,
아이의 발이여.

천둥의 돌

나는 천둥의 돌
그리고 사라진 갈림길을 발견하는 신.
나는 달아나는 구름과 비극적인 비의 눈꺼풀에
매달린 깃발.

나는 홍수와 불처럼 나아가는 자,
흙먼지와 하늘을 뒤섞는 방랑자.

나는 번개와 천둥의 혀.

길 잃은 얼굴로

길 잃은 얼굴로 나는 내 흙먼지에게 기도하고

나의 추방당한 영혼을 노래한다,

미완성인 기적에 다가가며.

나는 내 노래에 불타버린

세상을 통과해

문턱을 둘둘 펼친다.

나는 땅을 창조한다

나는 나와 함께 들고일어나고 배신하는 땅을 창조한다,

나의 혈관으로 남몰래 정탐한 땅을 창조한다.

나는 나의 천둥으로 그 땅의 하늘을 그렸고,

나의 번개로 그 땅을 장식했다.

그 땅의 경계는 번개와 파도,

깃발은 눈꺼풀.

배신

배신의 은총이여,

불과 심연처럼

내 발걸음에서 솟아오르는 세상이여,

오래된 시신이여,

내가 배신했고 여전히 배신하는 세상이여,

나는 익사한 자, 물의 으르렁거림에

눈꺼풀로 기도하는 자,

그리고 나는 신—

죄악의 땅을 축복할 바로 그 신.

나는 나 자신의 삶을

파멸의 길에 팔아넘기는 반역자,

나는 바로 배신의 주인.

조개껍질

두려웠느냐? 패배한 너의 얼굴을 바꾸어라,

악마여, 별들 위 나의 수레여.

나는 말 없는 길을 두려워하지 않는다,

나는 시뭄[*],

나는 조개껍질과도 같다:

나의 무덤은 내 얼굴 아래에 파였다.

꿈들은 너의 떨리는 속눈썹에 남겨두고

나의 목구멍 속에 머물러라,

악마여, 별들 아래 나의 수레여.

[*]   simoom. 아라비아 사막의 건조한 모래 열풍.

죽은 신

오늘 나는 안식일의 신기루를, 성(聖)금요일의 신기루를 불태
웠다,
오늘 나는 민중의 가면을, 가정의 가면을 내던졌다,
나는 눈먼 돌의 신과 일곱 날의 신을
죽은 신으로 갈아치웠다.

제물

오래된 고통의 동굴에서,
내가 한 신을 사랑했고
궁전의 여인들을 사랑했으며
우리가—나의 친구인 광기와 내가—살았던 그곳에서
나는 몇 달 동안 나 자신을 잃었다,
그리하여 나는 사막을 건너며
내 뒤에 길을 남겼다.

오래된 고통의 동굴에서
자신의 책을 쓰는 주님의 이름으로
나는 이 불길을 치켜들고
파리 한 마리를 제물로 바쳤다.

전진하는 이 태양들의 이름으로
나는 이 진혼곡을 시작한다.

시시포스에게

나는 물 위에 글을 쓰겠노라 맹세했다,

시시포스와 함께 거대한 돌을 옮기겠노라

맹세했다.

나는 시시포스와 함께 머물겠노라 맹세했다.

나는 열과 불꽃에 굴복한다,

눈먼 눈구멍을 뒤져

마지막 깃펜을 찾는다,

풀과 가을에게

흙먼지의 시를 써주기 위해.

나는 시시포스와 함께 살겠노라 맹세했다.

신은 자신의 비참함을 사랑한다

나의 발걸음에
갈가리 찢긴 신에게—
나는 저주받은 자 미흐야르,
나는 죽은 자들을 제물로 바치고,
상처 입은 늑대들의 기도를 읊조린다.

하지만 내 말 속에서
하품하는 무덤들이
나의 노래를 끌어안았다,
우리의 길에서 돌을 치우고
자신의 비참함을 사랑하며
지옥마저 축복하는 신과 함께.
그리하여 그는 나와 함께 나의 기도를 읊조린다,
삶의 얼굴에 순수함을 되살려주며.

한 장면

(꿈)

마치 벼락이 돌을 신문하기라도 하듯,

마치 벼락이 하늘을 법정에 소환해

만물을 심판하려 들기라도 하듯,

마치 역사가 내 눈 속에서 스스로를 씻어내고

나날이 내 손에서 과일처럼

떨어지기라도 하듯……

광기의 바람

낮의 수레들은 녹슬었고,
녹슨 건 기사(騎士)도 마찬가지.

나는 저편에서 다가온다,
쪼글쪼글해진 뿌리들의 땅에서.
나의 준마는 시든 꽃봉오리,
나의 길은 봉쇄.

왜 그러나, 뭐가 그리 우스운가?
도망쳐라, 내가 저편에서
너희에게 왔으니, 죄악의 옷을 걸치고
너희에게 광기의 바람을 가져왔으니.

그대에게는 선택의 여지가 없다

왜 그러나? 그대는 대지의 얼굴을 뜯어내고
그 자리에 또 다른 얼굴을 그려 넣고 있다.

왜 그러나? 그대에게는 선택의 여지가 없다
불의 길,
거부의 지옥 외에는,

대지가
말 없는 단두대나
신이 될 때.

이람*의 기둥들

---

* Iram. 《꾸란》에 등장하는 전설적인 도시로 '기둥들의 도시'로도 불린다. 교만함으로 인해 신의 벌을 받아 사라졌다고 전한다. 《꾸란》 제89수라 6~8절 "모든 대지 그 어느 곳에서도 비슷한 것이라고는 창조된 적이 없는 기둥들의 도시인 이람의 아드족을 주님께서 어떻게 대하셨는지 그대는 모르는가?" 참고. 아드족의 수장인 아드가 다마스쿠스를 거처로 삼았다는 사실과, 다마스쿠스가 아람인의 지배 아래 있었을 때 '아람'이라고 불렸다는 사실을 근거로 이람은 다마스쿠스와 동일시되기도 한다.

시편

나는 내 나라를 가지고 즐겁게 논다.

나는 타조의 속눈썹 위로 다가오는 그곳의 미래를 힐끗 엿보고, 그곳의 역사와 나날을 가지고 장난치며, 돌과 벼락으로 그곳을 때린다. 그곳의 등불을 꺼뜨리고 창에 불을 켜며, 낮의 다른 쪽 끝에서 그곳의 역사를 개시한다.

나는 너희 모두에게 이방인이다. 나는 다른 쪽 끝에서 왔다. 나는 나만의 나라에 살면서 그곳의 재를 보고자 하늘을 부풀리고, 잠들고 깨어날 때마다 내가 들어가 살 꽃봉오리를 연다.

무언가가 대어니야만 한다, 그리하여 나는 내 피부에 번개를 위한 동굴을 파고 둥지를 짓는다. 나는 지푸라기처럼 슬픈 입술 사이로, 돌과 가을 사이로, 모공과 표피 사이로, 두 넓적다리 사이로 천둥처럼 지나가야만 한다.

그리하여 나는 노래한다: "우리의 종말에 합당한 형상이여— 나아가라."

그리하여 나는 외치고 노래한다: "누가 우리에게 우주의 모성을 줄 것인가, 누가 광맥을 자양분 삼아 우리를 길러줄 것인가?"

나는 나 자신을 향해, 폐허를 향해 나아간다. 재앙의 침묵이 나를 데려간다—나는 대지를 밧줄처럼 두르기에는 키가 너무 작고, 역사의 얼굴을 꿰뚫고 뛰어들기에는 충분히 날카롭지 못하다.

너희는 내가 너희처럼 되기를 원한다. 너희는 너희가 드리는 기도의 가마솥에서 나를 끓인다. 군대라는 수프와 폭군이라는 후추와 함께 나를 휘저은 다음, 왈리*를 위해 나를 천막처럼 치고 내 해골을 깃발처럼 높이 매단다.

(나의 죽음이여,

그럼에도 나는 너를 향해 달려간다, 너를 향해 돌진하고 돌진하고 또 돌진한다.)

---

* wali. 아랍권에서 '성자(聖者)' '후견인' '주(州) 장관' 등을 뜻하는 말.

너희는 판석(板石)처럼 살고, 비탄이 너희의 공기다. 너희는 고 슴도치의 거처를 공표하고 스카라베** 향로 위에서 잠든다—너 희의 아이들은 제물이다.

신기루만큼 아득한 거리가 우리를 가른다.

나는 너희 안의 하이에나들을 깨우고, 신들을 깨운다. 나는 너 희 안에 불온함의 씨앗을 뿌리고 열병을 젖으로 먹인 다음, 너희 에게 안내인 없이 여행하는 법을 가르친다. 나는 너희의 위도에 서 극점이며 걸어 다니는 봄이다. 나는 너희의 목구멍에 일어나 는 경련이며 너희의 말[言]이 일으키는 출혈이다.

너희는 나를 향해 문둥병처럼 다가오고, 나는 너희의 흙먼지 에 발이 묶인 자다. 그렇지만 우리를 하나로 묶는 건 아무것도

**　고대 이집트에서 신성시한 왕쇠똥구리 모양의 장신구.

없고, 모든 게 우리를 갈라놓는다—그러니 나를 홀로 타오르게 내버려두어라, 내가 빛의 창처럼 너희를 관통하게 내버려두어라.

나는 너희와 함께 살 수도, 너희 없이 살 수도 없다. 너희는 나의 감각 속에 굽이치는 물결이고, 나는 너희에게서 달아날 수 없다. 그럼에도 외쳐라, "바다다, 바다다!" 그럼에도 너희의 문턱에 태양의 구슬을 주렁주렁 걸어라.

나의 기억을 열어 그 말[言] 아래의 내 얼굴을 살피고, 나의 알파벳을 배워라. 물거품이 나의 육신을 엮고 돌이 내 핏속에 흐르는 것을 볼 때, 너희는 나를 보게 될지니.

나는 나무의 몸통처럼 닫혀 있고, 공기처럼 존재하지만 붙잡히지 않는다. 그러므로 너희에게 항복할 수 없다.

나는 라일락의 눈구멍에서 태어났고, 번개의 궤도에서 자랐으며, 빛과 풀과 함께 산다. 나는 폭풍처럼 몰아쳤다 개고, 빛나다가 온통 흐려지며, 비가 되어 내리다가 눈이 되어 내린다—시간들이 나의 언어고, 나의 나라는 낮이다.

사람들은 잠들어 있는데, 하지만 죽으면 *깨어날 것이다, 혹은 그렇게 말해졌다. 너희는 모두 잠들어 있는데, 하지만 깨어나면 죽을 것이다, 혹은 그렇게 말해질 것이다.*

너희는 내 창유리에 묻은 흙먼지이고, 나는 너희를 닦아내야만 한다. 나는 다가오는 아침이자 스스로 그려지는 지도다.

그럼에도 내 창자 속의 열병이 밤새 너희를 지킨다.

그럼에도 나는 너희를 기다린다,

밤의 바닷가 조개껍질 속에서, 심연의 으르렁거림 속에서, 하늘이라는 긴고 헐거운 옷에 난 구멍들 속에서, 대추나무와 아카시아 사이에서, 소나무와 삼나무 사이에서, 파도의 심장들 속에서, 소금 속에서,

나는 너희를 기다린다.

환시

노란 돔 안의

초라한 책들 사이에서

나는 구멍 난 도시가 날아오르는 모습을 본다,

비단으로 된 벽들을 본다,

그리고 초록빛 항아리 속에서 헤엄치는

살해당한 별 하나를.

나는 눈물의 조상(彫像)을 본다,

왕자 앞에 엎드린

그 조각난 자기(磁器)들을.

도시

(*목소리들*)

"연기에게, 도시는 연기에게 고개 숙였다,
그것은 바람의 뗏목.

얼굴은 개구리, 손가락은 둘,
그것은 봄의 물마루에 이르지 못하리라,
아침의 강물을 느끼지도 못하리라.

그것은 무리가 모이는 연못—
얼굴은 하나에 배꼽은 둘."

목소리

나는 유령들을 고발한다,

눈먼 영혼의 어깨에 알을 낳는

로크*를 고발한다,

나는 바람을 고발한다,

촛불과 말 없는 암탉을,

날개 달린 뱀을 고발한다

(문둥병에 걸려 문드러진 날개라니),

나는 나무와 물을 고발한다—

왜냐하면 그대, 우리의 빛나는 하늘,

술탄과 신의 신부인 그대만이

무죄이므로, 우리의 피에 대해 무죄이므로.

*   roc. 아랍 설화에 등장하는 거대한 괴조로, 《천일야화》의 〈신드바드 이야기〉에 등
장하는 것으로도 유명하다.

매춘부

우리는 어리석은 세상으로 가득한

입술을 지녔고,

장작더미와 길의 시작,

그리고 빛나는 시신의 잔해를 지녔으며,

닫힌 정원의 발코니에서 함께 떨어진 사이라는

비밀을 지녔다—

마법이여, 유익한 주문이여,

우리는 너를 속죄와 사춘기의 침상처럼 끌어당긴다

매춘부가 된 우리의 땅을 위하여.

주문

그대에게는 동맥이 없다,
그대의 피부는 홀로 살아 움직이며,
껍질의 소용돌이 속으로 뛰어든다.
그대의 피부는 시들고 벌거벗은 채로 산다.

말[言]로 인해 탄력을 얻은 그대의 피부는
모래와 대리석으로
여러 집에 새겨져 산다.

그대의 옴 오른 날들이 다가온다
눈먼 메뚜기의 동공 속에서,
거미의 외피를 걸치고 다가온다.

두 구의 시신

부족(部族)이여,

매미들의 자궁이여, 풍차여,

나는 너의 비루한 창자 속에 미너렛*을 묻었다,

너의 머리에, 너의 눈에, 너의 두 손에,

나는 두 구의 시신을 묻었다—

대지와 하늘을.

*　이슬람교 사원의 첨탑.

황금시대

“경비병, 저자를 데려가게……”

“주님, 나는 알고 있습니다
단두대가 나를 기다리고 있음을.
나는 자신만의 불을 숭배하는 시인이며
골고다를 사랑합니다.”

“경비병, 저자를 데려가게.
자네의 신발이 저자의 얼굴보다
더 아름답다는 걸 저자에게 알려주게.”

황금 신발의 시대여,
그대가 더 귀하고, 더 아름답다.

사물들

만일 내가 죄악에 이를 때까지 상처를 꿰뚫는다면,

깃발과 광기를 위장해서 숨긴다면,

나는 나를 보이지 않게 해주는 두건을 가지게 될 테지,

눈꺼풀 위의 꿈을 폭풍처럼 덮치게 될 테지,

승리한 동시에 패배한 채,

대지 위에 존재하는 동시에 존재하지 않게 될 테지.

그러나 나는 나의 얼굴을, 나의 심연과 신을

이곳 사물들에 묶어두었다.

나는 부적 없이 사는 데 만족했고,

죽음과 신기루와 사물들로

삶을 그려내는 데 만족했다.

나는 사물들과 함께 사는 데 만족했다.

모래로 자신을 치장하라

모래와 늑대들로 자신을 치장하라,

바람의 다마스쿠스 여인이여.

나에게는 달도 옷도 없지만

그럼에도 나는 위험을 무릅쓰고 잠들었다

만(灣)처럼 죽어 있는 그대의 얼굴 속에서,

눈물에 봉헌된 그대의 얼굴 속에서,

인사도 없는 말[言]의 항구에

닻을 내리는 언어여,

바람의 다마스쿠스 여인이여.

도시

내 이마 위에서 촛불이 꺼졌다,

도시 위에서 촛불이 타올랐다,

그리고 그 도시는

빛을 모르는 이마를 지닌 한 인간,

그 도시는

멀리 있는 돌, 배의 잔해.

그곳이 나의 나라가 될지도 모르기에

나는 올라간다, 내 나라의 아침을 오르고,

그 돌무더기와 산꼭대기들을 오른다.

그곳에서 죽음의 짐을 벗어 던지고,

나는 떠난다,

그곳을 보기 위해.

내일이면 그곳이 나의 나라가 될지도 모르기에.

나의 땅을 위해

나의 땅을 위해, 나는 이 저주받은 핏줄에 상처를 입히고 있다.

나의 땅을 위해, 나는 내 미래와 바람[風]을

내 상처 속에 숨겨두었다.

나의 땅은 선견자이자 부적,

나의 땅은 취해 있다—그녀의 어깨는

진주의 두 왕자이자 하나의 죄악.

광기의 황홀함

나는 그들의 눈 속에 있는 모래성을 무너뜨렸다,

나는 수도원들에

아편 향로를 주었다—

아편 향로, 양탄자, 그리고 거울을.

나는 인내와 허락의 얼굴에 돌을 던졌다,

지는 별들을 위해 춤췄다,

신의 시신을 위해 춤췄다—

이 모든 것을 너의 이름으로, 종(鐘)들의 구름이여,

폐허와 메마름의 결혼이여,

이마들 위에 찍힌 공포의 얼룩이여.

집

나는 고개 숙인다, 슬픔의 가면 아래

시들어가는 얼굴들에게, 내가 눈물을 잊고 지나온

길들에게, 구름처럼 파릇파릇할 때

돌아가신, 얼굴에 돛을 달고 있던 아버지에게

나는 고개 숙인다,

팔려 가서

기도하고 구두를 닦는 아이에게

(내 나라에서는 모두가 기도하고 구두를 닦는다),

이것은 내 눈꺼풀 아래로 구르듯 떨어지는 빗방울이자 번개
라고

나의 굶주림이 새겨 넣은 바위에게,

상실의 시기에 내가 그 흙먼지를 짊어졌던 집에게

나는 고개 숙인다―이것들이 바로 나의 집이다, 다마스쿠스
가 아니라.

먼 얼굴

껍질과 얼음을 깨뜨리면서,

마술과 연기에 싸인 달을 죽이면서,

나는 풀과 순수함이 밝혀준

그대의 심연 속으로 들어갔다,

먼 세계의 얼굴을 가까이 데려왔다.

광기의 시트가 덮인 내 침대 위에서

그대의 잠은 모래로 뒤덮여 있지 않다.

내 곁에서 그대는 지푸라기도 메마름도 아니다—

고통과 부싯돌의 여인이여,

카시운*의 누이여.

*　　다마스쿠스 북쪽에 있는 산으로, 이곳에 있는 '피의 동굴'에서 카인이 아벨을 살
해했다고 전해진다.

목소리

"그대는 공포보다 더 소중하고,

짓밟힌 반역보다,

사막의 천둥보다 더 소중하다―

수지(樹脂)를 피처럼 흘리며

절뚝거리면서 내 곁을 걷는 망가진 조국이여."

환시

우리의 도시는 달아났다,

그래서 나는 서둘러 그 길로 가서

주위를 둘러보았다―보이는 것이라곤 지평선뿐,

그리고 나는 알아차렸다, 내일 달아나는 자들과

내일 돌아오는 자들은

내가 나의 페이지에서 갈가리 찢어버리는 하나의 몸임을.

나는 볼 수 있었다: 구름은 목구멍이고

물은 불길의 벽을 이루고 있었다.

나는 끈적한 노란 실을,

나에게 들러붙는 역사의 실을 보았다.

한 손이 내 삶을 천천히 되새기며 나의 나날을

몇 번이고 한데 묶는다, 인형 종족과

누더기 자손의 상속인인 그 손이.

나는 창조 의례에 참여했다

물의 자궁과 나무의 순결 속에서,

나는 나무들이 나를 유혹하는 것을 보았다,

나뭇가지 사이의 방들이,

침대와 창문이 나에게 저항하는 것을 보았다,

나는 아이들을 보았고 그들에게 읽어주었다

나의 모래를, 나는 읽어주었다

구름의 수라*와 돌의 구절을,

나는 그들이 나와 함께 여행하는 것을 보았다,

그들 뒤에서 어슴푸레 빛나는

눈물의 웅덩이와 비의 시신을 보았다.

우리의 도시는 달아났다—

나는 무엇인가? 한 톨의 이삭,

눈과 추위 아래 죽은,

자신이 전하던 소식을 밝히지 않은 채 죽은,

누구에게도 편지를 남기지 않은 채 죽은

*　《꾸란》의 장(章)을 가리키는 말.

종달새를 위해 우는.

나는 그것에게 물었고, 그것의 시신이

시간의 끝자락에 버려져 있음을 보았다,

그리고 나는 외쳤다, "얼음의 침묵이여, 나는

추방된 종달새의 집이다.

그것의 무덤이 나의 집, 그리고 나는 추방자다."

우리의 도시는 달아났다,

그리고 나는 나의 두 발이 변하는 것을 보았다

피가 넘쳐흐르는 강으로,

점점 멀어지며 넓게 퍼지는 배들로 변하는 것을,

그리고 나는 나의 익사한 해안들이 유혹하는 것을 보았다……

나의 파도는 바람이자 펠리컨이었다.

우리의 도시는 달아났다,

그리고 거부는 으깨진 진주,

그 가루는 내 배들의 닻이 되고,

거부는 내 얼굴 위에 사는

나무꾼—그것은 나를 그러모아 불을 붙인다—

그리고 거부는 나를 흩어지게 하는 먼 거리.

나는 내 피를 보고, 내 피 너머로

나의 죽음을 본다:

죽음이 내게 말을 걸며 나를 뒤쫓는다.

우리의 도시는 달아났다,

그리고 나는 내 수의(壽衣)가 어떻게 나를 밝히는지를 보았다,

나는 보았다…… 죽음이 내게 시간을 허락하기만 한다면.

샤드다드*

샤드다드가 돌아왔다,
그러니 갈망의 깃발을 들어 올려라,
그대의 거부를 뒤에 남겨두고 떠나라
세월의 길 위
이 돌들 위에 표지처럼 남겨두고―
'기둥들의 도시'의 이름으로 그렇게 하라.

그곳은 반역자들의 집,
절망스러운 삶을 살아가고,
암포라**의 봉인을 뜯어버렸으며,
협박과 평화의 다리[橋]를
비웃는 자들의 집.

---

*　　Shaddad. '기둥들의 도시' 이람을 건설했다고 전해지는 인물. 보통 '샷다드' 혹은 '샤다드'로 표기하지만, '미흐야르'와 글자 수가 맞는 인물을 인용한 아도니스의 의도를 반영하고자 '샤드다드'로 옮겼다.
**　주로 고대 그리스나 로마 시대에 사용되던, 양 손잡이가 달린 항아리.

그곳은 우리의 땅이자 유일한 유산,

우리는 그곳의 아들, 심판과 부활의 그날까지

유예를 허락받은.

하찮음의 시대

시편

먼 거리는 어디서 끝나고, 두려움은 어디서 사라지는가?

나는 공허함을 불러오고, 충만함을 비운다. 심지어 부싯돌도 부드러워지고, 모래도 물속에 뿌리를 내린다—길은 왜 있으며, 왜 도착해야만 하는가?

길을 잃었다, 나는 길을 잃었고 돌아가지 않으리라. 몰락이 나의 상태이자 조건이고, 낙원이 나의 대척점이다.

나는 결혼식이다, 그리고 죽음의 매혹을 선포한다. 나는 구름이며 메마름을 모르고, 사막이며 구름 한 점 없다.

나는 수수께끼 뒤에 숨는다. 계절의 옷자락 아래 숨어 그 천의 찢긴 틈새로 몰래 엿보고, 그 형상을 나의 발걸음에 부여하며 바다에게 나를 따라오라 명한다.

나무들은 내 공책의 페이지고, 돌들은 나처럼 시(詩)다.

나는 울지 않는 나무를 죽일 것이다. 피가 줄줄 흐를 때까지 지평선의 껍질을 벗길 것이다. 상처와 상처 사이를 날아다니며,

모래로 가득 채워진 몸으로 비의 정원을 기어오를 것이다—

　죽음과 나는 우주를 나눠 갖고,
　빵과 나는 기근의 깃발을 들어 올린다,
　그리고 내일 나는 신화의 옷자락을 붙들고 그늘의 벽을 오를
것이다. 그러면 돌의 시편들이 행렬을 지어 내게 매달리리라.
　광기—나의 주인이자 나의 메시아.

　나는 눈 속에 사는 태양을 찾는다, 빛을 보는, 모든 빛을 보는
눈을. 나는 육신이 되는 나무의 몸통을 찾는다, 말[言]에게 생식
기를 달아주는 것을, 그림자에게 대지의 피부로 남는 법을 가르
치는 것을, 하늘에 구멍을 뚫는 것을 찾는다.

　나는 돌에게 아이들의 입술을 주는 것을, 역사에게 무지개를
주는 것을, 노래에게 나무들의 목구멍을 주는 것을 찾는다.
　나는 물결치듯 출렁이는 경계를, 바다와 돌 사이, 구름과 모래
사이, 낮과 밤 사이의 보이지 않는 경계를 넓혀주는 것을 찾는다.

나는 우리의 어조를, 나와 알라의, 나와 악마의, 나와 세상의 어조를 하나로 합쳐주는 것을 찾는다, 그리고 우리 사이에 불온함의 씨앗을 뿌리는 것을 찾는다.

아아, 나의 탐색이여, 나의 그릇이여.

낮

낮은 우리에게
자신의 오래된 망토를 입혀주었다.

낮은 여기서 우리를 애도했고, 저기서도 우리를 애도했다,
패배 앞에 가슴을 드러내며,
우리의 잔해와 발자취 위에
천사의 문장(紋章)을 그려주었다.

길

시작하길 거부하는 길이여—
우리는 낮과 현존을 보고 사랑했던
하나의 얼굴.

우리의 땅에는 한 신이 있었다, 떠난 후로 잊힌 신이,
그리하여 우리는 그의 뒤에서 촛불과 맹세의 제단을 불태웠다.

어떻게 시작해야 할지 모르는 길이여—
우리는 그의 부재로
흙먼지의 우상을 빚었고
그러고는 그것에 돌팔매질했다,
현존으로, 이제 막 시작된 길로.

우리 사이에는 말이 없다……

모래가 우리의 속눈썹을 저버릴까?
홍수가 벌거벗은 대지를 씻어낼까?

무너지고 타올라라, 씨앗들아.
우리 사이에는 말이 없고, 메아리도 없다—
다리들은 길이 나기도 전에 무너졌다.

작별

죽은 천사들의 후광이여,

달아나는 메뚜기들의 언어여,

우리는 여러 해 전에 너희에게 작별을 고했다,

너희에게 참회의 애가를 읊었다.

그 말[言]들은 진흙에 막혀 있었고,

여울과 산고(產苦)로

장식되어 있었다.

우리의 부재하던 자궁이 돌아왔고,

이제 여기에는 비와 홍수기 있다—

폐허의 언어여,

죽은 천사들의 후광이여.

죽음

길 잃은 돌의 왕국이여—

신들을 창조하지 않으면 우리는 죽으리,
신들을 살해하지 않아도 우리는 죽으리.

죽음

빛나는 바람

죽어가는 바람, 빛나는 바람이
여전히 느릿느릿 따라온다.

우리는 두려움과 함께 길 위에 있다,
바라다강*이 우리와 함께 있다, 그리고 유프라테스강도.

우리는 얼마나 자주 그것들을
흙먼지와 동굴의 깃발처럼 사막 너머로 날렸으며
또 얼마나 자주 그것들에게 기도를 속삭였던가—
바라다강과 유프라테스강에게.

그러고도 죽어가는 바람, 빛나는 바람은
여전히 느릿느릿 따라온다.

*　　다마스쿠스에 흐르는 강.

갇힘

얼음의 가면 아래에서 길 잃은 도시의 얼굴이

우리의 속눈썹 사이로 지나갔다,

그리하여 우리는 외쳤다:

우리는 도시의 구멍 속에 산다

껍질 속에 갇힌 달팽이처럼.

거부여—우리를 파헤쳐달라.

부재의 땅

이곳은 고통의 땅,

어떤 새로운 날도 오지 않고, 어떤 바람도 빛나지 않는 곳.

그러니 어떤 목소리가 우리에게 닿을까,

부재의 땅에 있는 나의 사랑하는 이들이여?

편지

우리가 꿈꾸던 나라, 우리가

그리로 가는 길을 열었던 나라는

주저하는 눈꺼풀에 상처 입은 지평선.

어제, 광기의 자만 속에서,

어린 시절의 종말 속에서,

우리는 그 나라를 갈망하며 그 이름으로 그림과 후광을 그렸고,

그 나라에게 편지를 썼다—

주저하는 눈꺼풀에 상처 입은 그 나라에게.

방랑자들

당혹스러워하는 방랑자들이여,

길보다 앞서고

외침보다 앞서는 자들이여—

하늘의 새벽이 너희의 이름으로 다가온다,

불처럼 황홀하고 매혹적으로.

우리의 땅은 너희의 것이고, 우리의 사랑스러운 동정녀들도

너희의 것이다.

이 시는 너희를 위해 쓰였다

완고한 바람 속에서,

당혹스러워하는 방랑자들이여.

상실

상실, 상실……

상실이 우리를 구원하고, 우리의 발걸음을 인도한다,

그리고 상실은

빛, 상실 아닌 것은 전부 가면.

상실은 우리를 우리 아닌 것과 하나 되게 해주고,

상실은 바다의 얼굴을

우리의 시야에 붙여놓는다,

그리고 상실은 기다림.

태양의 귀환

전설의 주인이여―

운명이 바다 위에서 떨고,

우화의 고리들이 끊어졌다,

그리고 여기 심연이 있다,

그러니 우리가 해안에 굴을 심게 하라,

산닌*에 닻을 내리게 하라,

번개로 리바이어던을 쳐부수게 하라.

도시를 떠나는 태양을 위해

길과 종(鐘)들이 울 때,

우리를 위해 불사조를 깨워달라, 언덕 위에 내리치는 천둥의
불꽃,

그것을 깨워달라―

우리는 그 환시에 박수를 보내리

*   Sannine. 레바논의 베이루트에 있는 산.

새벽이 오기 전, 환시가 발설되기 전에

불사조의 그 슬픈 불길을 위하여,

우리는 불사조의 두 눈을 짊어지고 길을 떠나리

도시로 돌아오는 태양을 맞으며.

이글거리는 돌

엑소더스는 끝났고, 길은

이글거리는 돌.

우리는 살해당한 하루를 매장하고,

불운의 바람을 걸친다,

하지만 내일 우리는 야자수의 줄기를 흔들리라,

번개의 피로

여윈 신을 씻겨내고,

우리의 눈꺼풀에서 길까지

고운 실을 팽팽히 당기리라.

깃발들

우리의 속눈썹과 흙먼지 사이로

뿌리가 짠 실들을

낮의 폐허가 짊어졌고,

다리[橋]들이 짊어졌네—

그 실들이 바로 흙먼지의 엑소더스에서 우리가 든 깃발.

홍수

비둘기야―가라, 가서는 돌아오지 마라.

그들은 돌들에게 육신을 내주었고,

나는 여기서 헤아릴 수 없는 심연을 향해 나아가고 있다,

돛에 매달린 채.

우리의 홍수는 움직이지 않는 별,

태곳적 범람.

그 속에서 어쩌면 우리는 파묻힌 시대의 신을 들이마실지도

모른다,

어쩌면 우리는 이 태곳적 만남을 더 좋아할지도 모른다.

그러니 가라, 비둘기야, 가서는 돌아오지 마라.

하찮음의 시대

우리는 위선의 신기루와 눈먼 낮을 지녔고,

안내인의 시신을 지녔다.

우리는 방주의 세대,

이 하찮음의 시대의 아들.

충직한 바다들이 우리를 넘겨주었고,

엑소더스의 애가를 읊는 바다들이

우리를 황야에 넘겨주었다—

우리는 우리의 폐허와 어느 신 사이에 이어지는

긴 대화의 세대.

도시

우리의 불은 도시를 향해 나아간다
그 침상을 무너뜨리기 위해.

우리는 도시의 침상을 무너뜨릴 것이다,
화살 사이를 가로지르며 살아갈 것이다,
당혹스러워하는 투명함의 땅을 향해 나아갈 것이다,
절망의 소용돌이 주위로,
메아리와 말 주위로 회전하는
돌 위의 가면 뒤에 있는 그 땅을 향해.
우리는 낮의 위장을, 그 창자와 태아를 씻어낼 것이다,
도시의 이름으로 이 누덕누덕 기운 존재를 불 테울 것이다,
도시의 응시 속에
현존의 얼굴과 광활한 땅을 비출 것이다.

우리의 불은 나아가고, 반항적인 잉걸불에서는 풀이 탄생한다.
우리의 불은 도시를 향해 나아간다.

세상의 가장자리

시편

나는 바람을 위해 가슴과 엉덩이를 창조하고, 그것들이 내 형
체를 지탱하게 한다. 나는 거부를 위한 얼굴을 창조하고 그것을
내 얼굴과 비교해본다. 구름에서 나의 공책과 잉크를 꺼내서 빛
을 씻어낸다.

하늘에는 내가 잘라내는 부속물이 있고, 눈물에는 내가 글을
쓰는 종이가 있다. 아네모네는 내가 몸을 치장하는 장신구를 지
녔고, 소나무는 나를 위해 소리 내어 웃는 허리를 지녔지만, 내
가 사랑할 사람은 어디에도 없다. 나 자신을 사랑하게 해달라는
것이, 죽음이여, 그렇게 지나친 요구란 말인가?

나는 스스로를 달랜다. 내 손가락으로 길을 창조하고, 공간을
나의 눈 같은 구체로 만든다. 나의 갈증을 달래주지 못하는 물을
발명한다. 나는 공기와도 같으나 돛은 없다―나는 지옥과 낙원
이 교차하는 기후를 만든다. 새로운 악마들을 고안해서 그들과
경주하며 돈을 걸고 내기한다.

나는 내 흙먼지 속 눈[目]들을 쓸어 모은다. 과거의 섬유 조직 속으로 스며들어 조상들의 기억을 드러낸다. 그들의 색을 엮어서 그들의 바늘에 색을 입힌다. 나는 지쳐서 푸르름 속에서 쉰다―나의 피로는 태양처럼 빛나고, 달처럼 빛난다.

나는 대지를 자유로이 풀어주고 하늘을 가두고는 추락한다, 빛에 계속 충실하기 위해, 대지를 수수께끼 같고 황홀하고 변덕스럽고 위험하게 만들기 위해. 나는 위반을 선언하고자 추락한다.

신들의 피는 여전히 내 옷 위에서 따뜻하다. 내 책의 페이지에서 갈매기 울음이 솟구친다―그러니 내가 나의 말[言]을 짊어지고 떠나게 하라……

망토

우리 집에는 망토가 있다,
아버지의 삶으로 재단하고
고난으로 꿰맨.

그것이 내게 말한다—그의 거적자리 위에서, 너는
잎을 벗긴 나뭇가지 같았지,
그리고 너는 그의 생각 속에 있었어,
언제나 그리고 영원히.

우리 집에는 망토가 있다,
버려지고 헝클어진.
바람에 붙들려 그것은 나를 데려간다
진흙과 돌로 만든 아버지의 지붕으로,
그리고 망토의 구멍들 사이로 나는 엿본다
아버지의 감싸안는 두 팔을,
아버지의 심장을, 그의 심장에 내려앉은 슬픔이
나를 감싸며 지켜주고, 내 길을 기도로 가득 채우고는

나를 피리처럼, 숲처럼, 노래처럼 뒤에 남겨두고 떠난다.

나의 지평선은 하나의 약속

건너가면서, 나는 나 자신의 발걸음을 짊어진다,

내 안에 담긴 모래의 갈증을,

걸음마다 바다를 남기며.

나는 누구인가? 어떤 사랑을 위해 나는 사는가?

나의 지평선은 하나의 약속, 나의 두 눈은 기다림.

사랑이여—나를 파멸시켜라, 나의 당혹감을

지나가라, 그것의 해안을 가로질러라,

조개껍질에게 그들의 선견자들에 관해 물어라:

내가 그들의 심연 속에 감춘 비밀은 무엇인가?

내가 그들의 눈끼풀 위에 얹은 꿈은 무엇인가?

나의 당혹감은 내 가슴속 피의 찬가,

불에서 피어오르는 향이자 불—

나는 누구인가? 어떤 사랑을 위해 나는 사는가?

나의 지평선은 하나의 약속, 나의 두 눈은 기다림.

아직 형태를 갖추지 못한 내일이 나를 다시 짊어지게 하고,

만일 태양이 나를 찾아내면 나는 나 자신을 잃으리.

동방의 아름다움

동방의 아름다움을 보고 싶다는 생각이

내 마음을 스칠 때마다,

황혼이 부를 때마다,

내 앞의 길들은 사라졌다.

나의 불안이여

나의 지평선 위의 어둠이여,

나의 불안이여—

나의 부활을 죄고 꽁꽁 묶어서 갈기갈기 찢어버려라,

폭풍처럼 덮쳐서 불태워버려라.

어쩌면 그 재 속에서

나는 맑은 새벽을 발명할지도 모르니.

사물들의 어둠 속에

나는 사물들의 어둠 속에 머물기를

좋아한다, 그것들의 비밀 속에 머물기를.

나는 창조를 가늠하기를,

믿음처럼 달아나기를 좋아한다,

추방된 예술처럼,

이름 없는 어둠처럼, 확신 없이 달아나기를—

내일이 올 때마다 나는 새로 태어난다.

별들

나는 걷고, 별들은 나를 뒤따른다
그들의 내일을 향해.
비밀과 죽음과 태어난 모든 것
그리고 검은 탈진이
나의 발걸음을 죽이고 나의 피를 되살린다.

나는 아직 그 길이 시작되지 않은 자,
나에게는 길잡이 별들이 없다—

나는 나 자신을 향해 걷는다,
다가오는 내일을 향해,
나는 걷고, 별들은 나를 뒤따른다.

산고(産苦)

새벽은 누구를 위해 내 눈의 창문을 열고
내 갈비뼈를 따라 자신의 길을 파는가?
왜 죽음은 내 본질을 추방하고
내 삶을 시간의 박자에 묶어두는가?

나는 알고 있었다: 나의 피는 시간을 잉태하는 자궁,
나의 입술은 진실을 낳는다.

하나

세상은 나와 하나,

그것의 눈꺼풀은 나의 눈꺼풀을 지녔다.

세상은 나와 하나, 나의 자유와 하나,

그러니 우리 중 누가 누구를 창조한단 말인가?

죽음을 위한 두 개의 노래

1

그는 죽음 같다, 침묵에

목이 졸린 채 지나갈 때.

그는 잠 속에서도 나와 함께 있다.

2

죽음의 손이여, 나의 길에서 밧줄을 풀어다오:

미지의 존재가 나의 심장을 납치했다,

죽음의 손이여, 그것을 풀어다오

그리하여 내가 불가능의 핵심을 드러내고

내 주변의 세상을 볼 수 있게.

나는 의미를 찾는다

나는 힘 속에서 나 자신을 찾는다
내게 세상을 무너뜨리라고 말하는,
세상을 세우라고 말하는 힘 속에서.

나는 나 자신과 나의 젊음 속에서 찾는다
가장 아름답고 가장 소중한 내일을.

나는 의미를 찾는다,
그 안에 신과 대지를 늘어놓으리.

선견자

한 선견자가 내 이마 위에
향을 피웠다, 깊이 꿈꾸는
그녀의 눈꺼풀은 별이었다.

여러 세대의 선견자여, 우리에게 말해달라
태어나고 있는 이 신에 대하여, 우리에게 말해달라:
그의 눈 속에는 경배할 무언가가 있는가?

욕망

내게는 욕망이 있다

거의 욕망이라 부를 수도 없는 욕망,

그것은 세월의 가슴을 채워주지 못한다.

마치 욕망밖에 모른다는 듯

사물들은 그것에게 다가간다.

욕망이 없다면 나는 아무것도 아닐 거라고 말한다.

마치 실제보다 더 크기라도 하듯

욕망은 솟아올라 퍼지지만

만족하진 못한다:

그것은 자신을 벗어나

하늘과 대지를 껴안길 바란다.

길들

나의 어제는 내일, 그리고 세상은 하나의 찬가

녹아내리는—내 얼굴과 내 사랑 속에서 녹아내리는.

아침의 의미는 나의 두 눈 속에서 태어나고,

모든 길은 나와 함께 시작된다.

길들

나는 빛과 함께 산다

나는 빛과 함께 산다, 나의 삶은

스쳐 지나는 향기.

나의 몇 초는 여러 해,

그리고 나는 내 땅의 한 찬가와 사랑에 빠졌다,

목동들이 아침처럼 실어 나르던 찬가와.

그들은 그 찬가를 순결한 새벽의 한 조각처럼 태양에게 던졌고,

그것을 위해 기도하고 죽었다—

죽음이 너의 입술 위에서 소리 내어 웃을 때,

삶은 너를 향한 욕망으로 울리라.

여행

꼼짝도 하지 않는 여행자여:

태양이여, 누가 그대의 발걸음을 내게 주었는가?

한계

내가 물이라면, 나는 대지를 뚫고
흙먼지 너머로 파고들리라,
이슬과 안개의 운명을
몸소 경험하리라.

내가 구름이라면,
나는 목동들을 위한 샘물이 되고
연인들을 위해서는 천막을 치리라.

내가 들판이라면, 내가 수확물이라면,
나는 계절의 비밀이 어떻게 밀과 함께
시작되고, 그 순환이 어떻게 이어지는지 알아내리라.

나의 존재에는 한계가 정해져 있고, 나의 하늘에는
'재'와 '숯'이라고 쓰여 있다,
왜냐하면 나 자신이 살이고 피이기에.

나는 나의 한계를 사랑하고

내가 그 한계를 사랑한다는 사실을 질색한다—

정녕 이 존재를 사유할

다른 방법은 없단 말인가?

세상의 가장자리

가능한 것은 나의 관심사가 아니다, 그것이 불러오는 게

기쁨이든 고통이든.

나는 나의 복음을 엮어서

찬가를 짓는다,

나는 피난처를 찾는다,

세상의 가장자리에서

시작되는 세상을 찾는다.

아담

아담이 내게 속삭였다,
침묵과 신음에
숨 막힌 목소리로—

"나는 이 세상의 아버지가 아니다,
나는 낙원을 한 번도 본 적이 없다,
나를 신에게 데려다주오."

돌의 섬

내 발걸음이 지나간 흔적에서

돌의 섬이 솟아오른다,

불꽃의 섬이—

그 섬의 물결은 고요하고,

그 섬의 해안은 항해 중이다.

까마귀 깃펜

1

나는 꽃도 들판도 없이 도착한다,

나는 계절 없이 도착한다.

바람 속에도 모래 속에도,

아침의 광휘 속에도 내 것은 아무것도 없다,

하늘과 함께 달리는

젊은 피 말고는,

그리고 내 예언의 이마 위 대지는

새들의 끝없는 비행.

나는 계절 없이 도착한다,

꽃도 들판도 없이,

그리고 내 핏속에는 흙먼지의 샘이 있다.

나는 내 두 눈 속에 살고,

내 두 눈으로 나 자신을 기른다―

나는 산다, 삶을 영위해나가며 기다린다,

존재를 끌어안는 한 척의 배를,

마치 꿈꾸거나 당혹스러워하듯

마치 떠나서 다시는 돌아오지 않으려는 듯

심연으로 뛰어드는 한 척의 배를.

2

침묵의 암세포 속에서, 포위당한 상태에서,

나는 흙먼지 위에 나의 시를 쓴다

까마귀 깃펜으로.

나는 안다, 나의 눈꺼풀에는 빛이 없음을—

거기에는 아무것도 없다, 흙먼지의 지혜 말고는.

나는 낮과 함께 카페에 앉아 있다,

나무 의자와

담배꽁초와 함께,

나는 앉아서 기다린다

내가 잊어버린 약속을.

3

나는 무릎 꿇고 기도하고 싶다

날개가 부러진 올빼미에게,

이글거리는 숲에게, 바람에게,

나는 기도하고 싶다

당혹스러워하는 하늘의 별에게,

죽음에게, 병에게,

나는 내 텅 빈 새하얀 날들을 불태우고 싶다,

나의 노래와 공책, 잉크와 잉크병을,

나의 향으로 그것들을 불태우고 싶다,

나는 기도하고 싶다

기도를 모르는 모든 것에게.

4

베이루트는 내가 가는 길 위에 나타나지 않았다,

베이루트는 꽃을 피우지 않았다―내 들판을 한번 보라.

베이루트는 열매를 맺지 않았다―내 들판의

메뚜기와 모래의 봄을 한번 보라.

꽃도 계절도 없이 홀로,

내 열매와 함께 홀로,

해 질 녘부터 새벽까지

나는 베이루트를 보지 못한 채 그곳을 지나간다,

나는 베이루트를 보지 못한 채 그곳에 산다.

나의 사랑과 열매와 함께 홀로,

나는 낮과 함께 떠난다,

다른 어딘가로 떠난다.

새벽은 제 실을 끊고

새벽은 제 실을 끊고,

눈꺼풀을 흙먼지에 눕힌다,

그리고 내 두 손은

부재의 돛을 끌어안는 돛대.

나의 창문은 사라졌다—

더 이상 꽃도 책도 없다,

나는 내 벽감 속에 홀로 있다,

나에게는 연약한 실들이 있고, 나의 까마귀가 있다.

문

몇 주째 그의 눈꺼풀은

문간에 도사리고 있고,

그의 몸은 침대 속에서 길을 잃었다.

그는 찾고 있었다, 누구도 두드린 적 없는 문,

그 문 앞에 있는 그의 심장을.

그는 울고 싶어 한다.

"얼마나 고귀하고 얼마나 소중한가,

내가 사랑하는 이들을 배로 날라주는 그 눈물의 강은."

너는 누구니?

시선을 나비에게 빼앗겼을 때,

공포가 나의 노래를 때린다.

—너는 누구니?

—길 잃은 창(槍),

기도 없이 살아가는 주(主).

새로운 노아

1

우리는 방주를 타고 떠났다, 우리의 노는

신의 약속이었고, 우리는 살아남았다

진흙과 비 아래서

인류가 사멸하는 동안.

우리는 파도에 올라탔고,

우주는 우리가 우리의 목숨을 매단

죽은 자들의 밧줄이었다.

우리와 하늘 사이에는 기도를 위한 창문이 하나 있었다:

"주여, 어찌하여 당신께서는 수많은 사람과 피조물 가운데

오직 우리만 구하셨나이까?

그리고 당신은 이제 우리를 어디로 던지려 하시나이까? 또 다

른 땅으로,

우리의 첫 번째 집으로?

죽음의 페이지와 삶의 바람[風] 속으로?

주여, 우리 안에는, 우리의 혈관 속에는

태양에 대한 두려움이 깃들어 있나이다,

우리는 빛을 보리라는 희망을 잃었고,

다시 삶을 시작할 수 있을

내일이 오리라는 희망도 잃었나이다.

차라리 우리가 창조를 위한, 대지와 그 여러 세대를 위한

씨앗이 되지 않았더라면,

차라리 우리가 아직도 진흙이나 숯,

혹은 그 둘 사이의 무엇이었더라면,

그래서 다시는 세상을,

혹은 세상의 지옥이나 주님을 결코 보지 못했더라면.”

2

만일 시간이 새로 시작되어

물이 생명의 얼굴을 뒤덮고,

대지가 진동하며, 신께서 서둘러

"노아야, 우리를 위해 모든 생물을 구하여라"라고 내게 말씀

하셔도,

나는 그분의 말에 귀 기울이지 않으리라,

나는 나의 방주를 타고 떠나리라,

죽은 이들의 눈구멍에서 조약돌과 진흙을 퍼내리라,

그들의 심연을 홍수 앞에 드러내리라,

그들의 혈관 속에 속삭이리라, 그들에게 말하리라

우리가 황야에서 돌아왔다고, 동굴에서 나왔다고,

그리하여 세월의 하늘을 바꾸어놓았다고.

나는 그들에게 말하리라, 우리는 실망에게 고개 숙이지 않

은 채,

신의 말씀에도 귀 기울이지 않은 채 방주에 오른다고.

우리의 약속은 죽음,

우리의 해안은 친밀한 절망, 그리고 우리는 그것을 받아들인다,

우리가 건너는 쇳덩이 같은 물로 얼음같이 차가워진 바다처럼,

그 바깥쪽 경계를 향해 애써 나아가며,

우리는 신을 아랑곳하지 않고 떠난다,

우리는 다른 주님, 새로운 주님을 갈망한다.

다시 태어난 죽음

불멸의 애가

나는 감금된 조국을 뒤쫓는다
결혼의 숲과 종(鐘)들의 어린 시절을 가로지르며.

나는 속눈썹과 믿음을 징집한다
수확과 풀의 침상에서,
나는 말들에게 안장을 얹고 달린다
그대를 향해, 나의 나라,
눈꺼풀에 얼음이 쌓인 땅을 향해.

우마르 이븐 알카타브*를 위한 애가

약속도 핑계도 없이, 한 목소리가

태양의 그늘에서 외친다:

언제, 지빌라여, 그대는 언제 맞을 것인가?**

절망과 희망의 친구여,

초록빛 돌들이 불 위에 올려졌고,

우리는 기다린다

하늘에서 내려올 그대의 서약을.

* 우마르 이븐 알카타브(Umar Ibn al-Khattab, 585~644). 이슬람교의 제2대 정통 칼리프로, 그의 재임기 동안 아랍 무슬림은 이라크, 시리아, 팔레스타인, 이집트를 정복하며 종교적 영토를 크게 확장했다.

** 아랍 문학가 아부 알파라즈 알이스파하니(Abū al-Faraj al-Iṣfahānī, 897~967)의 《노래의 책》에 등장하는 내용과 관련된 구절. 보통 '자발라 이븐 알아이함'으로 알려진 지빌라가 메카 순례 도중 카바를 돌고 있었을 때 한 베두인족이 실수로 그의 겉옷을 밟아서 찢고 말았다. 화가 난 지빌라가 베두인족의 코를 때리자 칼리프 우마르 이븐 알카타브가 상대에게 보상하거나 상대가 똑같이 때릴 수 있게 허락하길 지빌라에게 요구했다. 지빌라가 자신은 평민을 때릴 권리가 있다고 주장하며 거부하자 우마르는 이슬람에서는 만인이 평등하다고 쏘아붙였고, 그러자 지빌라는 기독교로 개종한 후 도망쳐버렸다.

아부 누와스***를 위한 애가

방랑자여, 그대를 둘러싼 낮은

폐허의 영원.

시인이여, 그대는 그대의 얼굴 사이로

응시하는 시간을 느낀다.

선견자여, 그대는 안다, 우리의 메마른 역사 뒤,

돌의 행렬 속에서 내가 그대를 따른다는 것을,

시(詩)와 비를 거느리고 따른다는 것을.

나의 깃펜은 어린 노예들의 부풀어 오르는 가슴이고,

나의 페이지는 생명.

우리를 놓아달라, 아부 누와스여.

밤들은 망토와 폐허로 우리를 감싸고,

*** 아부 누와스(Abu Nuwas, c. 757~c. 814). 가장 위대하고 혁명적인 아랍 시인 중 한 명으로, 방탕하고 노골적인 성애시와 술을 찬미하는 시로 유명하다. 결국 투옥되어 감옥에서 죽었거나 독살되었다고 전해진다. 그를 둘러싼 논쟁은 지금도 여전해서, 2001년에 이집트 문화부는 이슬람 보수파의 압력으로 그의 책 6천 부를 불태우기도 했다.

우리가 사랑하는 이들은 폭군이자 천국처럼 위선자다.

우리를 놓아달라, 사랑스러운 고통 속으로,

바람과 불꽃 속으로.

우리는 희망과 부활을 죽일 것이다,

노래하며 피난처를 찾을 것이다, 돌과 함께 살 것이다,

시와 비와 함께.

우리를 놓아달라, 아부 누와스여.

알할라즈*를 위한 애가

그대의 유독한 초록빛 깃털,

불길로 핏줄이 부풀어 오르는 그대의 깃털,

바그다드에서 떠오르는 별처럼 맹렬한 그것은

우리의 역사이자 도래할 부활,

우리의 땅에서—우리의 다시 태어난 죽음 속에서.

시간은 그대의 손안에 놓여 있고

그대의 눈 속 맹렬한 불은

하늘로 퍼져나간다,

바그다드에서 떠오르는 별,

시와 탄생을 가득 짊어진

---

*　만수르 알할라즈(Mansur al-Hallaj, 857/8~922). 떠돌이 설교자이자 시인으로 살며 많은 제자를 거느렸던 신비주의자. 황홀경에 빠진 상태에서 "나는 진리다"라는 신성모독적 발언을 해서 감옥에 갇히는 등 생전에 많은 적을 만들기도 했다. 922년에 십자가형을 당하는 와중에도 침착함을 잃지 않고 집행자들을 용서했다고 전해진다.

유독한 초록빛 깃털.

메아리와 얼음과 죽음을 데리고
멀리서 오는 이들에게
이 부활의 땅에는 아무것도 남은 게 없다—
이 껍질 벗겨진 땅에는 아무것도 남은 게 없다
그대와 현존 말고는,
갈릴리의 천둥의 혀여,
비밀과 뿌리의 시인이여.

바샤르 이븐 부르드*를 위한 애가

그를 위해 울지 말라, 그를 그냥 내맡겨두어라

실성한 칼리프**가 휘두르는 채찍과 변덕에,

그를 악마라고, 역병이라고 부르라,

그는 여기에도, 저기에도, 여전히 있기에

귀먹은 거리를 파도처럼 휩쓸며,

우리의 말 없는 심연을 으르렁거리고 지나가며,

지진처럼 사납게 날뛰며.

눈멀고, 땅도 도시도 없는

그는 여기에도, 저기에도, 여전히 있다

그의 충직한 시들이

메마른 세월을 위해 간직해온

*   바샤르 이븐 부르드(Bashar Ibn Burd, c. 714~c. 784). 페르시아계 시인으로, 아무 거리낌 없는 성애시를 써서 아부 누와스의 선구자 역할을 했다. 글 때문에 채찍질을 당해 죽은 후 오늘날 이라크의 샤트알아랍강에 버려졌다.

** 아바스조(朝)의 칼리프 무함마드 알마흐디를 가리킨다. 바샤르는 그의 재위 기간에 처형되었다.

푸른 진주를 찾으며.

애가

다시 태어난 죽음

나무 위에 누워 있는 죽은 이여,

나의 친구여,

길가의 꽃들이 너의 얼굴을 스케치했고,

문턱은 너의 발자취를 따라갔다.

애가

흙먼지가 노래하며 너에게 시를 들어 올린다,

아주 깊은 틈에게 너의 발걸음을 건네며,

너의 환시와 노래의

잔여물을 애도하며.

흙먼지는 계절의 유리를 뒤덮고,

거울을 뒤덮고,

너의 두 손을 뒤덮는다.

오늘날을 위한 애가

1

망명의 마차들이
성벽을 가로지른다,
망명의 노래와
한숨짓는 불꽃 사이를,
그리고 시는
망명의 마차들과 함께 떠났다.

바람이 우리를 짓누르고, 우리의 나날의 재가 대지를 뒤덮는다. 우리는 희미하게 빛나는 칼날이나 투구의 쟁에서 우리의 영혼을 힐끗 엿보고, 소금기 어린 가을이 우리의 상처 위로 뿌려진다—나무와 샘은 사라지고 없다.

멀리서, 비극이 우리 역사의 얼굴을 질질 끌고 다닌다. 우리의 역사는 공포에 관통당한 하나의 기억, 야생 가시로 뒤덮인 낯선 평원들.

어느 바다의 물결로 우리는 우리 역사에서 사향을 씻어낼 것인가, 하지*에서 돌아오는 노처녀와 과부의 사향을? 겉옷을 강탈당할 때, 양모가 기적을 잉태할 때, 영혼의 메뚜기가 자신의 봄에 이를 때 데르비시**들의 땀으로 더럽혀지는 그 사향을?

밤은 응고되고, 낮의 유년은 새들의 시신 위로 기어다닌다. 바다는 우리의 면전에서 자신의 침상을 쾅 닫아버리고, 우리는 헛되이 그 문을 열고자 애쓴다. 우리는 외치고 울기를 꿈꾸지만 우리의 눈에는 눈물이 없고, 우리는 바람과 서리 아래로 우리의 목을 숙인다.

나의 나라는 열에 들뜬 여인, 모래의 군단으로부터 박수를 받는 파라오들이 건너는 환희의 다리. 그리고 그 점토질 문에서 우리의 머나먼 눈은 인류의 흔적을 힐끗 엿본다―아이들의 무덤을 위한 제물을, 성자들을 위한 향로를, 검은 돌***이 보여주는

---

* Hajj. 무슬림이라면 누구나 일생에 한 번은 참여해야 하는 메카 순례.

** 이슬람 수피 교단의 탁발 수도승.

*** 메카에 있는 이슬람교의 제1성소인 카바 신전의 동쪽 초석으로, 운석으로 추정되기도 한다.

증거를. 들판은 뼈와 독수리로 가득하고, 영웅들의 조각상은 부드러운 시신.

우리는 떠난다, 바다를 향해, 그리고 우리의 말[言], 상속자 없는 말에는 또 다른 시대의 통곡이 누워 있다. 우리는 고독의 섬들을 끌어안고, 심연의 깊숙한 곳에서 순결한 낯섦의 냄새를 맡고, 우리의 배들이 내지르는 절망의 고함을 듣는다. 절망은 떠오르는 초승달, 악은 아직 갓난아이. 우리의 사해(死海)로 흘러드는 급류 속에서, 밤은 거품과 모래로부터, 메뚜기와 모래로부터 잔치와 신부를 낳는다.

우리는 떠난다, 그리고 공포는 신흙과 비탄의 미덜에시 우리의 무릎을 수확한다. 대지는 우리의 허리께에서 피를 흘리고, 바다는 초록빛 둑.

2

어떤 새로운 주(主) 안에서

우리의 몸은 일어날까?

강철은 우리를 죄어오고,

우리의 교수형 집행인은 점점 더 잔인해진다,

행복한 쓸쓸함이라는 이름으로

우리의 탄생은 절망한다—

우리의 나날은 이마가 좁고, 세월은 수척한 채로 고여 있다. 우리의 폭풍은 누더기, 우리의 하늘은 모래, 그리고 우리는 계절의 갈림길에 서 있다. 우리는 우리의 속눈썹으로 우리 자신을 가리고, 그 속눈썹에는 묘지의 흙먼지가 달라붙는다. 우리는 노새와 대포가 늘어선 드넓은 하늘 아래를 걷고, 온 대지가 자신만의 색채를 띤다, 이 꿰맨 속눈썹의 색채를.

우리 존재의 이 몇 분 속에서 삶은 연약하다. 낮은 눈썹이 없고, 태양의 속눈썹은 성장을 멈추었다—우리는 얼음과 모래의 가면 아래에서 자라고, 그건 그 사람들도 마찬가지다.

그 사람들—온 사방에 널린 새로운 겉껍질. 비소(砒素)의 희귀한 맛—이 하늘 아래서는 곡식이 결코 익지 않으리.

그 사람들! 재가 그들의 혀 아래 쌓이고, 침묵의 바위는 그들의 코를 타고 굴러떨어지며, 왕국의 건설자들은 그들에게 안장을 얹어 그들을 장난감처럼, 소파처럼, 깃발처럼 도시 광장에 전시한다. 바라다강과 유프라테스강은 불임인 채로 침묵하며 고여 있다. 내 나라의 자손들은 불임에 말도 못하고, 역사는 자신의 잔여물을 또 다른 땅으로 실어 간다.

낙타털로 뒤덮인 땅, 밀과 기름과 항구가 공존하는 제멋대로인 지리, 헤지라*와 바람의 색채를 띤 땅—아편과 카트**의 들판에서 또다시 새로운 민족이 일어날까? 새로운 바람이 모래를 거스르며 일어날까?

---

* Hejira. 622년에 예언자 무함마드가 메카의 보수적 특권 상인과 귀족의 박해를 피해 메디나로 이주한 일.
** 아랍·아프리카의 화살나무과 상록 관목으로, 잎에 마약 성분이 있다.

그리고 너, 잔해와 폐허를 씻어내는 비여, 시신을 씻어내는 비
여: 상냥하게 내 민족의 역사를 씻어내다오.

그는 그 기만적인 바위가
입술 위에서 목이 졸린 한 편의 시임을 보지 못한다,
하지만 그는 그르렁거리는 들소가
비둘기나 꽃이나 신이라는 것은 안다.
언젠가 목구멍 속의 가르랑거림이
부활하리라
굶주린 개구리들의 땅에서,
그리고 메뚜기 한 마리나 길 잃은 개미 한 마리가
우리에게 빵과 기도를 가져다주리라.

그는 길 잃은 창(槍)의 고백,
그리고 나는 그.
진실이여, 나를 죽여라.

3

(……젊은이여, 더 푸른 잎으로 그대의 머리를 땋아라. 시는 아직 우리와 함께 있고, 바다도 아직 우리와 함께 있으며, 그건 꿈도 마찬가지다:

"히힝 우는 이 말들은 시르다리야*를 위한 것, 이 창들은 호라산**을 위한 것. 우리의 집은 히말라야 발치의 황금, 사마르칸트는 하나의 깃발. 우리는 우리의 속눈썹으로 대지의 이끼를 그러모았고, 우리의 핏줄로 달아나는 꽃들을 결박했다. 우리는 이 더럽혀진 날을 씻어냈다. 돌은 우리의 발밑에서 비단이었고, 지평선은 우리의 준마의 안장이었으며, 그 말발굽은 사방의 바람이었다.

---

*　천산산맥에서 서쪽으로 흘러 나가는 중앙아시아 최대의 강.
**　이란 동북부를 중심으로 아프가니스탄, 투르크메니스탄에 걸쳐 있는 지방.

이것이 우리의 길: 우리는 번개와 결혼하고, 대지에서 부패를 쓸어내며, 대지를 새로운 것들의 울음으로 가득 채운다. 이것이 우리의 국경: 우리는 바다보다 더 푸르고 낮보다 더 젊다, 그리고 태양은 우리의 손가락 사이로 보이는 초록빛 염료.”

망명의 달 아래서 봄철의 날개가 솟구쳐 비를 뿌려준다. 반항적인 배들이 돛에 바람을 가득 품고 사해를 건너가고, 또 다른 바람은 방향을 틀어 도시의 대문을 때린다. 내일이면 도시는 열려서 메뚜기와 모래의 수확물을 불태우리라.

우리는 심연 위에 건설하고, 미래의 틈 속에 머무르리라.

이것이 미래의 문턱:

어두운 사내가 바다에서 모습을 드러낸다, 표범의 기쁨으로 가득 찬 채. 그는 거부를 가르치고 새 이름을 하사한다. 그의 속눈썹 아래서 미래의 독수리가 몸을 가다듬는다.

“어두운 사내가 바다에서 모습을 드러낸다. 시신들의 연회는 그를 유혹하지 못한다, 왜냐하면 그는 세상으로, 질병을 쓸어내는 바람[風]으로 가득 차 있기에. 그의 숨결은 창조하고, 그의 바람은 돌이 사랑하도록, 춤추고 사랑하도록 만든다.”

모래의 신들이 바닥에 엎드리고, 구기자나무 아래에서는 샘물이 솟구친다―입술에는 콜로신스오이*가 없고, 바다에는 죽음이 없다.
……그리고 우리는 우리의 사로잡힌 땅으로 가리라, 등불은 교회이고 벌들은 수녀인 그곳으로.)

4

―그대는 어느 나라에서, 어느 이름 없는 왕국에서 왔는가?
―나의 국가는 미완이다. 나의 영혼은 아득히 멀고, 내게는

---

*　박과의 여러해살이 덩굴풀.

아무것도 없다.

　파라오들이 오면 사람들은 서로를 먹어치우고 말[言]은 끝난다. 파라오들이 오면 나는 책을 챙겨 떠난다—나는 내 마음의 그늘에 거하며 시의 비단으로 새로운 하늘을 짠다.
　바다여, 상처의 친구여,
　상처여, 소금의 친구여,
　지중해여, 하얀 바다여,
　유프라테스강이여, 헤아릴 수 없는 나날이여,
　오론테스강*이여, 자식 없는 침상이여,
　그리고 그대, 바라다강이여—
　나는 너희를 모두 마셔도 갈증이 가시지 않았으나 그로 인해 사랑을 배웠고, 사랑받을 자격이 있는 것은 오직 절망뿐임을 깨달았다.
　나는 절망한다, 하지만 죽음 때문은 아니다. 나는 길을 잃었

---

*　레바논에서 시리아, 튀르키예를 지나 지중해로 흘러드는 강.

다, 나는 모든 안내를 물리친다―내 눈에 보이는 것이라고는 거 짓말뿐, 의심이 대지의 겉껍질을 뒤덮는다, 그리하여 나는 이 진 흙의 땅을 버린다.

여기 망명의 돛이 있다, 여기 나의 떠나는 얼굴이 있다. 나는 뒤에 남겨두고 떠난다, 내 친구들을―쇠창살과 감옥을. 나는 내 나라를 이 지각없는 금욕주의자들에게 내맡긴다.

나는 나의 기나긴 슬픔과 별의 광대함만을 지니고 떠난다, 나의 연인과 나의 시가 나를 뒤따른다. 나는 떠난다, 그리고 나의 길 잃은 민족이 내 눈 속에서 잠자는 동안, 망명의 벌들이 내 이마 위에서 꿀을 마련한다.

나는 꿈꾸며 떠난다―덩굴에 매달린 심장들을, 들판에 씨로 뿌려진 머리들을 꿈꾸며―그리고 나는 이 모든 게 나의 연인들의 잔여물일 뿐임을 기억해낸다. 그리고 바다 냄새가 내 혈관에 스며들 때, 바람의 입맞춤이 내 연인의 머리칼을 가득 채울 때, 해안이 죽었다가 부활할 때, 나는 오직 내 어머니만을 생각하리라, 어머니가 앉아서 울 수 있도록 내 기억 속에 부드러운 깔개를 짜리라.

　잘 있거라, 내 나라의 파리들의 시대여.
　기뻐하라, 나의 절망으로 창백해진 신이여, 내 발아래의 대지
는 정화되었고, 내 말에는 낯선 억양이 깃들었으며, 벌거벗음이
내 시를 향기롭게 한다.

　……종이만 있고 잉크는 없다, 잉크에 지워진 심장도 없다. 절
망은 이마 위의 별, 악은 아직 갓난아이, 침묵은 휩쓰는 모래―
아니, 내게는 종이도 없다.

　―그대는 어느 나라에서, 어느 이름 없는 왕국에서 왔는가?
　―나의 국가는 미완이다. 나의 영혼은 아득히 멀고, 내게는
아무것도 없다.

첫 번째 세기를 위한 애가

노래

비의 축제가 숨을 거두었네
시인들의 얼굴에서,
그리하여 거부가, 세상의 얼굴이, 그리고 내가
그것을 돌의 축제로 바꾸어놓았네.
우리 속눈썹 위에서 울리는 징소리에,
끊어진 사슬의 하늘에,
바질 향에, 울음의 타작마당에
우리는 남겼네
이 패배한 애가를.

1

예언의 장막 아래서 당혹스러워하는 인간이여, 모래에 붙들린 자여—우리에게 미래의 징표 하나를 보여다오……

역사는 개미 떼와 대화하며 비탈을 내려간다, 개미 떼의 흙먼지를 타고 떠난다, 달팽이의 점액으로, 석화로 가득 채워진 채.

달은 젊은 초승달 눈을 지니고 있었고, 하늘은 뱀의 이마를 지니고 있었다: 길도 말[言]도 없다, 오직 얼굴을 찾는 나병 환자가 있을 뿐, 구멍과 틈만 있을 뿐.

너의 배를 열어라, 해조류의 만(灣)이여: 문지방 위에는 비둘기의 두개골이 있고, 열병은 기사의 투구를 꿰뚫는다.

—그대는 무엇을 원하는가, 루미*여?

—대추야자 열매와 귀리죽을 원합니다, 주님. 길은 길 잃은 밧줄이고, 굶주림은 저의 이 사이에서 우는 준마입니다.

—(그의 갈증을 풀어줄 물을 가져오라, 도망자에게 그가 먹

---

*　마울라나 잘랄루딘 루미(Mawlānā Jalāl ad-Dīn Rūmī). 13세기 페르시아의 대표 시인.

을 빵을 내어주라.)

우리는 흙먼지의 깃발 아래 완패했다. 무덤으로 우리의 얼굴을 채웠고, 굶주림의 유언장을 썼다. 우리 앞에는 빛나는 별이 없었다, 우리에게는 모래의 망령 말고는 아무것도 없었다, 바람과 눈물의 지뢰 말고는 아무것도.

—"신이시여, 우리에게 대지의 내장을 허락하소서." 우리는 그렇게 기도했다.

—"나를 데려가다오, 강이여, 그리하여 적이 나를 욕보이지 못하게." 우리의 처녀들은 그렇게 노래했다.

바다가 우리에게 오라고 손짓했다, 우리를 위해 울었다. 거기서 헤엄치는 이 누구인가? 거품이여, 우리에게 길조를 가져다다오. 죽음이 우리의 사지를 얼룩지게 하고, 마지막 별들의 재가 우리 눈에 깃든다.

2

내 앞의 산이 자기 이름을 말한다. 내 손에 들린 이 페이지들이 나의 자격증이다.

누가 이 군중을 우리에게서 사서 멀리 데려갈 것인가?

누가 이 무리를 선물로 받아들일 것인가? 그가 그들의 발찌와 문신과 별보배조개 부적도 가져가게 하라, 그들의 칼과 단검도 가져가게 하라.

우리는 다이아몬드 시장에서, 마호가니 목재 시장에서 경매를 열었다. 우리는 눈먼 코끼리에게 약속어음을 끊어주었다.

어떤 자는 왈리의 발바닥으로 축복을 받고, 어떤 자는 천국으로 가는 길에 둘로 쪼개져 쓰러지고, 어떤 자는 섬유질 다리로 걷고, 어떤 자는 불길한 전조에 으스러지고, 어떤 자는 말은 하지만 머리는 없고, 어떤 자는 이름이 없고, 어떤 자는 낙타 젖으로 자기 얼굴을 그리고, 어떤 자는 왕의 연회에서 어머니를 보고, 어떤 자는 왕자의 망토 아래서, 후궁의 비단과 공포 아래서 아내와 잠들고, 어떤 자의 피부는 짚으로 채워져 이 거리 저 거리를 행진하고, 어떤 죽은 자는 여든 번의 채찍질을 당하고, 가슴이 한쪽뿐인 어떤 여자는 판석 위로 끌려다니고, 어떤 아이는 교수대의 겉옷을 입는다.

아흐마드 아부 알파와리스, 카푸르 아부 알미스크, 절름발이 티무르*—이들이 우리 땅의 군주다. 이들이 우리의 왕자, 우리 승리의 왕관이다. 이들이 우리의 민족, 이 대지 위의 우리 삶이다,

그리고 별들은 고귀한 주님의 이름으로 우리에게 침을 뱉는 군대다.

---

* 아흐마드 아부 알파와리스(Ahmad Abu al-Fawaris)는 튀르크계 이크시드 왕조(935~969) 창건자의 손자였다. 왕위에 오르기에는 너무 어렸기에, 거세당한 전직 노예인 카푸르 아부 알미스크(Kafur Abu al-Misk)가 임시 통치자가 되었다. 카푸르는 한때 시인 알무타납비(al-Mutanabbi)의 후원자였다는 사실로도 유명하다. 카푸르의 사후 아흐마드 아부 알파와리스는 열한 살의 나이에 즉위했지만 969년에 이집트가 파티미드 왕조에 정복되면서 폐위되었다. '절름발이 티무르'는 티무르 왕조의 제1대 황제인 티무르를 가리킨다. 티무르의 군대는 1401년에 다마스쿠스를 포위하고 약탈했다.

부러진 날개의 세월아, 우리를 지나가라. 목재여, 우리의 이마에 매달려라. 추락이 우리의 조국이다(그리고 알라께서 육지와 바다의 군주인 술탄 이븐 술탄에게 승리를 허락하시길).

그리고 너희 샤이크*들이여, 우리의 경계 너머에서 사람들을 찾아오라, 번개의 거처인 사람들을. 우리는 그들의 이름으로 화폐를 주조하고, 우리의 여자들은 그들의 이름으로 수은 베개에 머리를 얹고 잠든다.

3

이 사람들은 말발굽 아래에 얼굴을 납작 엎드린다. 이 나라는 깃털보다 더 비겁하고, 문턱보다 더 순종적이다.

---

*　이슬람 사회의 영적 지도자 혹은 사회적으로 존중받는 이를 가리키는 말.

누가 우리에게 새 한 마리, 나무 한 그루를 보여주랴? 누가 우리에게 공기의 알파벳을 가르쳐주랴? 갈림길에 홀로 서서 우리는 기다린다. 모래가 우리의 미너렛을 지운다, 태양은 우리의 손금 안에서 갈기갈기 찢긴다.

나의 나라여, 카멜레온의 피부여, 너는 그을린 고무의 악취를 풍기고, 너의 새벽은 우는 박쥐다. 너는 오직 비극의 아버지만 될 뿐이고, 네가 젖 먹이는 것은 달팽이뿐이다.

하인이여, 이자가 바로 너의 주인이다. 그에게 아덴의 커피를 가져다주고, 그의 잠자리를 펴주어라. 그리고 나는 거부의 주인—나는 창문에서 멀리 떨어져서 떨며 빵 부스러기로 이 시를 쓴다.

내 속눈썹에는 타란툴라의 눈물이, 내 목구멍에는 죽음의 피리가 있다. 나는 깃펜으로 내 심장에 왕관을 씌우고, 바람과 결혼한다. 나의 길 위에는 갈가리 찢긴 지도들과 천둥뿐.

낮은 나를 모르고, 그건 밤도 마찬가지. 나는 망각의 색채를 띤 흙먼지 위에 싹트는 발걸음을 남긴다.

안녕, 떠도는 시신이여, 나의 삶이여. 불길이 너를 삼키게 하라, 나의 심장이여, 너 풀 죽은 환시, 떠나는 비둘기여.

4

달빛 없는 말[言]들이 우리를 향해 다가온다. 찡그린 구름이 탄생의 눈을 실어 나른다―우리를 떠나라, 손님으로 온 사제여. 그대는 너무 이르게 우리의 경계를 넘고 있다. 우리의 얼굴은 공허의 왕자, 우리의 역사는 거품.

우리를 떠나라, 떠나라 우리를.
진흙이 우리에게 그물을 던진다,
거미줄로 우리를 얽는다,
진흙은 우리 눈꺼풀 사이의, 우리 목 위의 비단,

그리고 구름은 없다.

너 어디 있느냐, 천둥이여, 홍수의 전령이여? 우리의 성소들을 폭풍처럼 덮쳐라, 우리가 성스럽게 여기는 모든 것을 덮쳐라. 우리의 여자들이 꿈의 보루 뒤에서 너를 기다리고 있다. 그들은 내실에서 너를 기다리고, 풀 위에서 기다린다. 성교가 그들의 피부를 그슬고, 오직 너만이 그들을 데려갈 수 있다.

공기처럼 수척한 나라여, 소금 덩이들이여, 책의 재로 피부를 물들인 그대여, 백발의 군인이여, 나의 조국이여—

나는 너를 내 안에서 걷게 하고, 너를 내 발걸음과 함께 신음하게 한다. 탄식하라, 고독한 자여, 나처럼 탄식하라, 골반이 부서진 채로, 절망 속에서 탄식하라.

나는 역병의 뿌리를 숨기지 않으리라—나는 내 절망의 나무 아래서 그늘을 찾고, 내 속눈썹 위에 앉아 죽음의 독수리를 기다린다.

희망은 구름의 어깨에 올라 떠났다. 그것은 내 가슴에서 자신의 시편들을 산산이 부숴버렸다. 나는 아네모네와 수의를 피처럼 흘리는 길의 소리를 듣고, 가시덤불 속에서 들려오는 흐느낌을 듣는다.

나는 너에게 이름을 붙인다, 절망이라고, 그럼에도 너는 여전히 이름이 없다. 이제부터 우리는 헤어지지도, 함께 걷지도 않으리. 이제부터는.

5

나는 거부의 깃발 아래서 나의 말[言]에 안장을 얹는다―내 얼굴의 주름 속에는 또 다른 결혼이 있고, 내 손안의 대지는 한 여인이다.

나는 갈가리 찢긴 육신으로 전쟁을 벌인다, 번개의 우정에 고개 숙여 인사하고 천둥으로 나의 상처를 씻어낸다.

나는 달의 살해자, 신화 속 안카*, 그 사기꾼의 살해자. 나는 불도마뱀**을 타고 이글거리는 숯을 코로 들이마신다.

전갈은 한 나라로 스케치되고, 개구리는 역사의 가면을 쓰며, 사티흐***와 로크는 영광의 필경사, 하지만 나의 외침은 남으리라―세상의 어두운 편, 부인된 것의 감미로움으로.

나는 이 땅의 유년기 위에 우리의 역사를 쓰고, 비의 알파벳과 잉크를 결혼시킨다. 태양의 손톱이 내 얼굴을 갈기갈기 찢게 하라, 카인이 그의 자손을 반색하게 하라.

---

*   anqa. 아랍 설화에 등장하는 커다란 상상의 새로, 규정할 수 없거나 실재하지 않는 존재를 의미하기도 한다.
**   불 속에 산다는 전설 속의 괴물.
***   Satih. 예언자 무함마드의 출현을 미리 알린, 전설의 예언자이자 해몽가.

6

돌 하나가 솟아오른다, 우리의 발아래서 솟아오른다. 초록빛 종(鐘) 하나가 낮의 발걸음을 뒤따른다. 별 하나가 바닷가에 앉아 우리에게 그 피부를 남기고는 사라졌다.

하늘에게 구애하는 도마뱀 한 마리가 있다. 연기와 눈[雪]을 뿜어내는 산 하나가 있다. 결코 오지 않을 한 시간이 있다.

시인이여, 돌의 동굴에서 나오라. 쥐와 불도마뱀, 반딧불과 함께 나오라. 시신으로 부풀어 오른 나라, 이름 없는 나라에 사는 시인들을 위해 증언하라.

풀에게 시를 읽어주는 시인들을 위해 증언하라.

앞으로 나와서 시를 위해 증언하라.

등불 다음에는: 날개의 심연. 바다 다음에는: 돌연한 죽음.

7

환시의 장막 아래서 당혹스러워하는 인간이여, 거부에 사로
잡힌 자여—우리에게 미래의 정표 하나를 보여다오……

노래

징소리는 우리 속눈썹 위에 있네,
죽어가는 말[言]이 그러하듯,
그리고 말의 들판에서 나는
흙먼지의 준마를 타는 기사.
내 폐부는 나의 시, 내 두 눈은 나의 책.

나는 노래하고 죽은 시인,
말의 겉껍질 아래서
번들거리는 거품의 해안에서:

시인들의 얼굴 아래서,

새들과 하늘의 여러 끝자락을 위해,

나는 이 불타버린 애가를 남겼네.

자유로운 자유의 변주곡

시리아 태생의 시인 아도니스의 《다마스쿠스인 미흐야르의 노래》는 현대 아랍 문학을 논할 때 빼놓을 수 없을 만큼 중요한 위치를 차지하는 작품이다. 아도니스가 1960년에 파리에서 1년을 보내며 자신만의 목소리를 찾은 끝에 1961년에 출간된 《다마스쿠스인 미흐야르의 노래》가 아랍 시에서 차지하는 위상은 흔히 T. S. 엘리엇의 장시 《황무지》가 영미 시에서 차지하는 위상에 비견되곤 한다(흥미롭게도 아도니스는 《다마스쿠스인 미흐야르의 노래》를 준비하기 시작한 시점인 1958년에 레바논 시인 유수프 알칼과 함께 《황무지》를 아랍어로 번역하기도 했다). 다성적이고 파편적인 《황무지》 이후로 영미 시가 이전의 매끈한 운율과 단일 화자의 서정적 목소리로 돌아가기 어렵게 되었다면, 아랍 시 또한 전복적이고 해체적이며 자유로운 《다마스쿠

스인 미흐야르의 노래》이후로 예전의 까시다(qaṣīda, 정형시) 전
통으로 돌아가기 어렵게 되었다. 그야말로 20세기 아랍 시의 이
정표라 불릴 만한 시집인 것이다.

《다마스쿠스인 미흐야르의 노래》의 중심에는 신비로운 존재
인 미흐야르가 있다. 물론 아랍 문학사에는 '다마스쿠스인 미흐
야르' 이전에 이미 이란의 시인 '다일람인 미흐야르'가 존재한
바 있다. 그는 조로아스터교에서 시아파 이슬람으로 개종한 인
물로 당시 사람들에게 이단으로 여겨졌다는 면에서 '다마스쿠
스인 미흐야르'와 유사한 성격을 지니지만, 아도니스가 자신만
의 미흐야르를 창조해낼 때 그를 크게 참고했다고 말하긴 어렵
다. 아도니스는 오히려 독일 철학자 프리드리히 니체의 시적 페
르소나인 자라투스트라와 다마스쿠스인 미흐야르 사이의 여러
유사성을 강조하길 더 좋아한다고 알려져 있다.

미흐야르의 실체에 좀 더 가까이 다가가기 위해 그 이름을 어
원적으로 분석해보는 것도 한 방법이 될 수 있겠다. 2008년에《다
마스쿠스인 미흐야르의 노래》의 첫 영역본을 출간한 아드난 하
이다르와 마이클 비어드는 그 이름에 대해 다음과 같이 말한다.

'미흐야르(Mihyār)'라는 이름은 어원적으로 아랍어가 아니다.
페르시아어에서 '미흐(mih)-'나 '메흐(meh)-'는 '좋은' 혹은 '훌

260

룡한'을 뜻하는 흔한 접두사다. '조력자'를 뜻하는 단어 '야르(yār)'는 《천일야화》에 등장하는 '샤흐리야르(Shahriyār)' 왕의 경우처럼 페르시아나 아랍식 이름에서 찾아볼 수 있다. 하지만 일단 이렇게 아랍어적 맥락에 놓인 '미흐야르'라는 이름은 어근 'ḥ-w-r'에서 나온 아랍어 단어 '인히야르(inhiyār, 붕괴)'에서 파생된 것처럼 보이기도 한다. 실제로 동부 구어체 아랍어에는 미흐야르(mihyār)―혹은 미흐와르(mihwār)―라는 형태가 있으며, 이는 '절벽'이나 '심연'을 의미한다. '미흐야르'라는 단어는 우리에게 고유명사라기보다는 오히려 아도니스의 미학 체계를 구성하는 하나의 개념처럼 들릴지도 모르겠다.

이처럼 고유명사가 아닌 하나의 개념에 가까울 수도 있는 미흐야르의 기원에는 아도니스 자신이 자리한다. 자라투스트라가 니체의 시적 페르소나이듯 미흐야르도 아도니스의 시적 페르소나이기 때문이다.

아도니스에 대하여

본명이 '알리 아흐마드 사이드'인 아도니스는 아랍 시 연구

자 후다 파크레딘과의 인터뷰 '나는 세 번 태어났다(I have been born three times)'에서도 말하듯 지금껏 세 번 태어났다.

첫 번째 탄생지는 시리아의 까사빈이었다. 선택의 여지가 없는, 누구에게나 주어지는 자연적 탄생. 까사빈은 학교도 전기도 자동차도 없는 작고 가난한 마을이었다(아도니스는 열세 살 때 처음으로 자동차를 봤다고 한다). 한 가지 특기할 점은 그곳 주민들이 알라위파였다는 사실인데, 알라위파는 시아파의 한 분파이면서도 시아파가 권력에 아첨하고 지배 체제에 복종한다며 비난하는 급진적 종파다. 알라위파는 오랫동안 쫓기고 박해받아온 반역자인 동시에 배움과 교육에 큰 관심을 지닌 것으로도 유명하다. 알라위파로서 자부심을 지닌 아도니스의 아버지는 아도니스가 아랍어를 완전히 익히고 시를 배우길 고집했고, 그에 따라 아도니스는 이른 나이에 이른바 아랍어 신동으로 자라났다. 아도니스는 일찍이 자신이 어떤 시인에게 끌리는지 깨달았다. 찬양이나 공격이나 애도 등의 다른 목적을 위해 시를 쓰는 전통적 시인이 아닌, 오직 시를 위해서만 시를 쓰는 시인을 그는 좋아했다. 이를테면《다마스쿠스인 미흐야르의 노래》에도 등장하는 아부 누와스 같은 시인을. 아도니스는 처음부터 전통적 범주에 속한 시인들과는 노선을 달리했다.

이후 열세 살 때 시리아의 첫 대통령 슈크리 알쿠와이틀리가 자신이 사는 지역을 방문한다는 소식을 듣고 우여곡절 끝에 대통령을 찾아가 그의 앞에서 시를 읽었다는 일화는 유명하다. 시를 다 들은 대통령은 마지막 구절인 "당신은 칼이고 우리는 칼집이다"를 되풀이한 후 "이 아이가 말했듯이 저는 여러분 없이는 아무것도 할 수 없습니다"라고 말했다고 한다. 대통령은 아도니스에게 무엇을 해줄지 물었고, 아도니스는 학교에 가고 싶다고 말했다. 그리하여 그는 장학생으로 시리아에 남아 있던 마지막 프랑스 학교인 타르투스의 '리세 프랑세(Lycée Français)'로 가게 되었다. 생애 처음으로 버스를 타고서. 그것이 프랑스어와의 인연의 시작이었다.

라타키아에서 다닌 고등학교 시절에는 레바논의 신문과 잡지에 본명으로 시를 투고했으나 아무런 연락도 받지 못한다. 그러던 어느 날 학교에서 잡지를 읽다가 우연히 아도니스 신화를 접하게 되는데, 야생 멧돼지에게 죽임을 당해 흘린 피가 봄마다 아네모네꽃으로 피어난다는 이야기에 당장 매혹되고 만다. 그는 생각했다. 자신의 시를 실어주지 않는 잡지들은 아도니스를 죽이려 하는 멧돼지와 다름없다고. 결국 아도니스라는 필명으로 레바논 신문 〈알이르샤드(al-Irshād)〉에 투고한 시는 신문 1면에 실렸다. 젊은 시인 아도니스의 탄생이었다.

다마스쿠스 대학 시절에는 아도니스의 가장 중요한 독자이자 비평가라고 할 수 있는 아내 칼리다를 만났으나 1955년에 알레포에서의 의무 복무 도중 시리아 사회민족당(SSNP) 관련 문제로 체포되어 1년간 수감된다. 아도니스는 나중에 SSNP를 떠나는데, 정당은 결국 자신이 반역했던 짐승에게 삼켜진다는 사실을 깨달았기 때문이다. 1956년에는 아도니스의 시를 높이 평가한 유수프 알칼을 만나러 베이루트에 갔다가 그곳에 눌러앉게 된다. 베이루트가 바로 아도니스의 두 번째 탄생지다.

베이루트는 다마스쿠스나 카이로처럼 완결된 도시가 아니라 한창 진행 중인 도시, 문화적 다양성이 살아 숨 쉬는 도시였다. "도시는 네트워크이고 마을은 둥지"라고 말하는 아도니스로서는 사실상 처음 접하게 된 드넓고 시적인 공간이었다. 그곳에서 그는 유수프 알칼과 함께 1957년에 전설적 잡지 〈시(Sh'ir)〉를 창간하며 거의 누구의 직접적 영향도 받지 않은 채 계속 독창적인 현대 시를 쓴다. 이는 이후 자유시(shi'r al-taf'ila)로 불리게 될 새로운 시의 시작이었다. 〈시〉는 《다마스쿠스인 미흐야르의 노래》에 수록된 많은 시들의 첫 발표 지면이기도 했다.

하지만 아도니스는 결국 〈시〉와 결별하고 마는데, 유수프 알칼 등은 아랍 전통과의 완전한 결별을 추구했고, 반면 아도니스는 정말로 새로운 아랍 시를 쓰려면 아랍 전통에 대한 친밀한 지식과 아랍어의 아름다움에 대한 진실한 감각을 지녀야 한다고 믿었기 때문이다. 그는 그들이 아부 누와스를 이해하지 못하면 보들레르도 아무 의미가 없다고 생각했다. 〈시〉는 결국 실패한 후 폐간되었고, 아도니스는 새 잡지 〈입장들(Mawāqif)〉을 창간한다. 그는 억압과 식민주의와 독재에 반대하는 글로써 현대 독자와 현대 비평가, 진정으로 현대적인 교육을 받은 세대를 길러내는 데 헌신하려 했다. 하지만 여성 특집호를 내기로 했을 때 많은 교수와 학자와 변호사가 원고 청탁에 거부했는데, 아랍 사회에서 여성의 지위를 논하는 일은 필연적으로 종교 비판을 포함할 수밖에 없고, 이는 너무 위험한 행위였기 때문이다. 결국 여성 특집호는 한 회를 끝으로 막을 내렸고, 아도니스는 '이런 특집이 불가능하다면 잡지를 계속할 이유가 없다'며 잡지를 스스로 폐간시킨다. 그때 느낀 실망감이 이후 베이루트를 떠나는 한 계기가 되기도 했다.

아도니스는 학생들에게 파괴적인 영향을 끼친다는 이유로 쫓겨나기 전까지 1970년에서 1980년대 초까지 레바논 대학교 아랍문학과에서 가르치기도 했다. 그가 마지막으로 수업을 끝내고 건너편 집으로 돌아가던 날 학생들이 그를 뒤따랐고, 그 후로도 학생들은 아도니스의 제자로 남아 그의 집 거실에서 계속 공부를 이어나갔다고 한다.

이후 1985년에는 레바논 내전 등을 이유로 가족과 함께 프랑스 파리로 이주했고, 현재는 파리에 정착해 베이루트 등을 오가며 살고 있다. 바로 이곳 파리가 아도니스의 세 번째 탄생지다. 아도니스는 자신과 자신의 작품을 두 팔 벌려 받아주고 환영해준 파리에 영원히 감사한다고 말한다.

분량상 더 자세히 설명하진 못했지만, 이 정도만으로도 아도니스와 미흐야르의 유사성을 충분히 감지할 수 있을 것이다. 혁신적이면서도 전통적이고, 반종교적이면서도 신화적이며, 반항적이면서도 포용적인 아도니스의 모습은 여러모로 미흐야르와 겹친다. 미흐야르는 결코 단수적 존재가 아니고, 그런 특성의 원천은 바로 창조자인 아도니스 자신에게 있다.

《다마스쿠스인 미흐야르의 노래》에 대하여

《다마스쿠스인 미흐야르의 노래》는 표면상 미흐야르라는 인물이 중심인 만큼 읽다 보면 하나의 선명한 서사를 이루어나갈 거라는 막연한 기대를 심어준다. 특히 마지막 부를 제외한 여섯 부가 모두 '시편'이라는 제목으로 시작하는, 비교적 통일된 구성이기에 더욱더 그러하다. 하지만 그러한 독자의 기대는 곧 처참히 배반당한다.《다마스쿠스인 미흐야르의 노래》는 언뜻 쉽게 쓰인 것 같으면서도 잘 읽히지 않는다. 혹은 잘 읽히길 거부한다.

우선 미흐야르라는 이름은 세 번째 시 '미흐야르는 왕이다'에서 처음 등장하는데, 그는 왕이되 세속적 왕은 아니다. "불의 궁전과 낙원을 꿈꾸는 왕"이자 "바람의 왕국에 거하며 / 신비의 땅을 다스"리는 왕이라는 점에서 왕이라기보다는 몽상가에 가까워 보이기도 한다. 게다가 "오늘, 말[言]이 듣는 가운데 / 세상을 뜬한 목소리가 그에 대해 이의를 제기했다"는 말로 짐작건대 선대의 권위자들은 그를 그리 탐탁지 않게 여기는 듯하다. 이처럼 미흐야르는 첫 등장부터 흐릿하다. 앞서 말했듯이 그는 고유명사라기보다는 차라리 하나의 개념이자 비유에 가까워 보인다.

인터뷰 '나는 세 번 태어났다'에서《다마스쿠스인 미흐야르의 노래》의 구상과 배치에 대해 말해달라는 질문에 아도니스는 아주 짧게 이렇게 대답한다. "하나의 주제와 수많은 변주." 주제는 아마도 미흐야르 자체일 것이다. 아도니스가 꿈꾸는 "미래의 전형적인 아랍인"으로서의 미흐야르. 그렇다면 변주는? 시집 전체에 걸쳐 끊임없이 등장하는 바람, 돌, 불, 불꽃, 구름, 천둥, 벼락, 번개, 흙먼지, 깃발, 종, 심연, 눈꺼풀, 얼굴 등의 평범한 단어들과 오르페우스, 오디세우스, 시시포스, 샤드다드 등의 고유명사들이 그것일 것이다.

어떤 단어를 선택해도 흥미로운 논의를 펼칠 수 있을 텐데, 일

단 가장 기이한 축에 속하는 단어인 '눈꺼풀'을 잠시 살펴보도
록 하자. 눈꺼풀이란 무엇인가? 그것은 눈알을 덮은 살갗으로,
'나'와 '바깥'의 사이에 위치하는 아주 얇고 여린 경계다. 이는
경계인으로서 미흐야르가 지닌 성격을 가장 잘 말해주는 단어
다. 우리는 미흐야르의 그러한 성격을 첫 시편에서부터 알게 된
다. "그에게는 조상이 없으니, 그의 뿌리는 그의 발걸음 속에 있
다." 그가 걷는 곳이 곧 그의 뿌리다. 그의 뿌리는 어딘가에 굳건
히 뿌리 내리는 뿌리가 아니라 끝없이 이동하는 뿌리다.

또 하나 흥미로운 사실은 저 다양한 변주들이 고유명사를 제
외하면 대체로 자연물과 신체 부위로 계열화된다는 것인데, 여
기서 자연물은 외부 대상이고 신체 부위는 인식 주체를 나타낸
다. 양쪽이 모두 미흐야르의 변주라는 것은 주체와 대상이 사실
상 하나라는 사실을 의미한다. 이는 큰 비밀도 아니다. '하나'라
는 시에서 미흐야르는 직접적으로 다음과 같이 말한다. "세상은
나와 하나, / 그것의 눈꺼풀은 나의 눈꺼풀을 지녔다. / 세상은
나와 하나, 나의 자유와 하나, / 그러니 우리 중 누가 누구를 창
조한단 말인가?"

다시 저 변주들에 대한 논의로 돌아가면, 이처럼 단순한 단어
들이 거듭 반복되는 가운데 어떤 손에 잡힐 만한 의미가 생겨나
리라는 기대감이 생겨난다. 하지만 미흐야르와 마찬가지로 저

268

변주들도 반복을 통해 선명해지기는커녕 오히려 불투명해질 뿐이다. 하지만 그렇다고 해서 《다마스쿠스인 미흐야르의 노래》가 단순히 난해성의 차원에만 머무는 것은 아니다. 아랍 문학 비평가이자 번역가 로빈 크레스웰(Robyn Creswell)이 적절히 언급했듯이 "이 시들을 읽으며 느끼는 황홀감은 그것들을 해독하는 것보다는 세상의 요소들이 우리 눈앞에서 변하는 사실을 발견하는 데서 온다".

이를테면 아주 짧은 시 '돌'을 보라. "나는 이 고요한 돌을 숭배한다— / 나는 돌의 윤곽에서 내 얼굴을 보았고, / 돌에서 나의 잃어버린 시를 보았다." 돌은 3행에 걸쳐서 우상이 되었다가, 거울이 되었다가, 시가 적힌 페이지로 변한다. 여기서 해독은 무의미하다. 독자는 다만 변한다는 사실 자체가 주는 순수한 즐거움을 누리기만 하면 될 뿐이다.

아드난 하이다르와 마이클 비어드는 말한다. "바람의 왕으로서 그는 깃발에 적힌 무언가가 아니라 그 위로 흐르는 자연의 힘을 알아차리게 만든다." 이는 시집 전체에 적용될 수도 있는 말일지도 모르겠다. 《다마스쿠스인 미흐야르의 노래》는 거기 적힌 글자들의 상공에 흐르는 망명의 기운으로 가득한 책이다.

번역에 대하여

번역 대본으로 삼은 카림 아부자이드(Kareem Abu-Zeid)와 아이번 유뱅크스(Ivan Eubanks)의 영역본《Songs of Mihyar the Damascene》은 그들이 무려 16년에 걸쳐 영역해 2021년에 출간한 작품으로, 아도니스의 시가 지닌 장중함과 원문의 의례적이고 불투명한 질감을 잘 포착한 것으로 유명하다.《다마스쿠스인 미흐야르의 노래》는 사실 결정적인 아랍어 판본이 부재하며 판본마다 내용이 조금씩 다른 것은 물론이고 마지막 부 〈다시 태어난 죽음〉은 아예 삭제된 경우도 많은데, 이 판본에는 기존 영역본에서는 삭제되었던 시들과 마지막 부도 고스란히 실려 있다. 두 번째 영역본이지만 이미 정본으로 자리 잡았다고 해도 과언이 아닐 정도로 높은 평가를 받고 있다.

역자는 저작권사와 아도니스의 바람대로 이 판본을 기준으로 삼되 의미는 크게 다르지 않지만 문체는 상당히 다른 아드난 하이다르와 마이클 비어드의 판본도 참고해 가장 자연스러운 한국어판을 만들기 위해 노력했다. 정형시보다는 자유시가 번역했을 때 상실되는 부분이 적다는 사실은 다행스러운 점이지만, 그래도 번역 시는 본성상 원문의 음악성을 모두 상실할 수밖에 없다. 역자의 아랍어 실력은 초급 수준이기에 어차피 중역할 수밖에 없었다는 사실은 아쉬움으로 남지만, 만일 아랍어를 알았더라도 상황이 크게 변하진 않았을 것 같다. 오히려 아랍어의 아름다움을 모두 죽였다는 사실에 십중팔구 열 배는 더 괴로워했으리라.

아도니스 자신도 번역가인데, '번역 경험이 당신의 시적 언어를 형성했는가?'라는 질문에 아도니스는 다음과 같이 답한 바 있다.

저는 제 시에 비(非)아랍적 영향을 담으려고 애써왔습니다. 번역할 때 저는 외국 시인의 언어에 굴복하지 않았어요. 대신 아랍어로 시를 쓰려고 애썼습니다. 많은 이들이 제 번역을 비판하며 오류를 지적합니다. 하지만 그것은 오류가 아닙니다. 저는 외국 시를 아랍화할 수 있는 권리를 스스로에게 부여했어요. 저는 아랍어 텍스트의 맥락에 들어맞는 아랍어 단어를 찾습니다. 그것이 원어에 가장 정확히 대응하지 않는 단어라고 할지라도 말이에요. 제 번역에서 종종 지적되는 '교과서적인 번역 오류'는 제가 의식적으로 내린 시적 결정입니다. 일반적으로 아랍어로 번역된 시들은 교과서적인 의미에서는 정확할지 몰라도 도저히 읽을 수 없을 지경이며 시적으로도 오류투성이입니다.

역자도 아도니스의 말에 100퍼센트 동감하지만, 시적 효과를 위해 원어에 완전히 대응하지 않는 번역어를 택하는 게 그리 쉬운 일은 아니다. 일반적인 번역 문화에서는 원어에 대한 존중이 기본이기 때문이다. 하지만 적어도 시 번역의 경우 아도니스가 말하는 교과서적 번역이 번역 시를 망쳐놓는 경우가 많다는 것은 명백한 사실이다. 아무리 반듯해 보여도 '시적으로 오류투성이'인 번역 시는 이미 시라고 말할 수 없다. 이 자리에서 길게 논의할 사항은 아닌데, 다만 역자는 어휘 선택에 있어서 두 판본을 일일이 대조해가며 때로는 이제 정본의 지위를 상실한 첫 영역본의 번역어를 취하기도 했다는 사실을, 때로는 일반적인 경우보다 좀 더 과감히 옮기기도 했다는 사실을 밝혀둔다.

한국에서 아랍시가 선집의 형태가 아니라 이처럼 온전한 한 권의 시집 형태로 출간되는 경우는 매우 드물다.《다마스쿠스인 아도니스의 노래》의 시들은 각기 완성도를 지니지만, 이미 설명했듯이 이 시집을 읽는 재미는 대체로 반복되는 단어들 혹은 이미지들이 페이지를 넘어갈 때마다 자유롭게 변화하는 것을 느끼는 데 있다. 그 변주들이 하나의 주제를 풍요롭게 한다. 한 권의 시집으로 통독해야 하는 까닭이다.

역자뿐만 아니라 여러 한국 독자들이 이 귀한 시집을 읽을 수 있게 해준 은행나무출판사에 감사드린다. 독자들이 이 시집을

통해 아랍 문화에 조금이라도 더 관심을 기울이게 되길, 또한 아
도니스가 역설하는 '실천하는 자유'에 대해 생각해보는 계기가
되길 바라며.

황유원

은행나무세계문학 에세 • 29

다마스쿠스인 미흐야르의 노래

1판 1쇄 발행 2026년 4월 15일

지은이·아도니스
옮긴이·황유원
펴낸이·주연선

(주)은행나무

04035 서울특별시 마포구 양화로11길 54
전화·02)3143-0651~3 ｜ 팩스·02)3143-0654
신고번호·제 1997 — 000168호(1997. 12. 12)
www.ehbook.co.kr
ehbook@ehbook.co.kr

ISBN 979-11-6737-632-9 (04800)
ISBN 979-11-6737-117-1 (세트)